별세계

별세계

김유림 시집

창비

그들이 만족하였는가?

차
례

靑○建物

이건 내가 좋아하는 건물이다.
이건 내가 좋아하는 로터리의 건물이다.

나는 어째서인지
즐거워 보인다.
음악을
듣고 있다.

걷는다고 걸었지만

"우리는 쓰던 걸 멈추고 고개를 들었다."

부드럽고 너무나 연약했다. 크고 오래된 은행나무가 솟
아 있었다.

친구 그리기

홍승택에게는 두 개의 길이 있다. 하나는 친구의 집으로 통하고 다른 하나는 친구의 집으로 통한다. 통한다가 무슨 의미로 통하는지 몰라도 홍승택은 간다. 어느 시점에는 친구와 만날 것이었다. 홍승택이 생각하기에

이 꽃나무는 김유림의 시에 등장한 꽃나무가 맞다. 꽃나무가 진짜 꽃나무가 되고 말았다고 어느 여름날 김유림은 생각한다. 여기 꽃나무가 있으니까. 꽃나무 아래에는 비둘기 시체가 하나 있었으니까. 김유림은 그것을 중심으로 다양한 경로를

선택할 수 있지만 꽃나무는 청기와 빌라 옆에 서 있을 뿐이다.

꽃나무가 생각하기에 친구는 친구를 만나기 위해 결정이 필요한 사람이다.
그는 이미 너무 많은 건물을 보았다.

이제 어떻게 해? 나는 김유림에게 물어보았고 김유림은 고민을 하더니 이런 이야기를 해주었다. 철문을 열면 햇살이 가득한 하나의 빈방을 볼 수 있다. 빈방은 비어 있기 때문에 빈방인 게 아니라 빈 느낌을 주기 때문에 빈방이다. 방은 딱

한 칸이고 옥상의 한가운데에 있다. 옥상은 한가운데를 중심으로 초록색이다. 초록색 방수 페인트를 배경으로 화분들이 줄지어 서 있다. 항아리도 서 있다. 거기서 치명적인 실수를 저지른 김유림은 시 「그리고 커다란 오후의 장난감 거미」를 썼다. 바지가 젖고 세상이 빙글빙글 돌던 순간이었다. 노인복지회관에서 나온 사람들이 버스에 올라타고 나는 김유림이 어떤 방식으로든 모습을 드러내기를 바란다.

경로 그리기

김유림은 홍승택의 시를 읽고 도면을 본다. 도면에는 건물이 솟아나 있다. 건물이 솟아나거나 갈라지면서 하나의 건물을 이루고 있다……. 김유림은 이것을 뜯어볼 수 있을 것이다. 동그라미가 화분으로 이어지는 글을 쓸 수도 있을 것이다. 메타몽을 닮은 거미가 지도의 일부를 이룬다는 가설을 증명해볼 수도 있을 것이다. 동행하는 이는 잠자코 들으며 어떠한 첨언도 하지 않는다. 그는 좋아한다. 그는 이야기를 좋아한다: 콩을 먹은 생쥐의 이야기다. 생쥐는 콩을 좋아하지 않지만 사랑 때문에 콩을 먹는다. 사랑이란 대단한 것이다. 이런 종류의 이야기다. 김유림은 이야기를 들으며 생각한다. 이 이야기를 새롭다는 듯이 말하는 당신이 참으로 이상하구려, 나는 꿀 먹은 벙어리 대신에 콩 먹은 생쥐를 생각해냈고 그로부터 하나의 이야기를 만들어내어 당신에게 들려주었었다. 이제 당신은 종암동의 전봇대 하나를 배경으로 하여 서 있다. 전봇대는 벽돌 건물을 배경으로 하여 서 있다. 벽돌 건물은 신축 빌라 건물에 평행하게 서 있다. 서 있다……. 김유림은 자신의 꿈속으로 입장한 사람들을 탓할 수는 없

다고 생각한다. 그때 두어
달 전만 해도 털 뭉치에 지
나지 않았던 고양이 세 마
리가 의젓한 모습으로 지
나간다. 의젓한 장난이라
면…… 김유림은 『양방향』
에 실린 「앙코르 와트」의
개구리 세 마리를 기억해내
고 작게 웃는다.

콜라보는 어려워

나는 시 쓰기에 대한 시를 쓰는 시인에 대해 생각한다. 시 쓰기를 쓰는 시인에 대해 생각하고 얼마 전 모 시인과 통화한 오후를 기억해낸다. 늙어가면서 잠언에 가까운 시를 쓰는 것? 디테일은 기억하지 못한다. 나는 카페로 돌아온다. 카페의 테이블에 앉아 시를 쓴다고 생각한다. 사람들이 들어오고 비가 내린다. 비가 내리고 사람들이 들어온다. 어떤 사람은 내 시를 읽었고 대부분의 사람은 내 시를 읽지 않았다. 어떤 사람은 내 시에서 다른 시인이나 소설가를 발견한다. 얼마 전 발간한 두

번째 시집 『세 개 이상의 모형』에는 대략 다섯 명의 작가를 집어넣었다. 그러나 내가 생각하기에 오마주라는 건 없다. 그러나 나는 사람들이 쉽게 가져다 쓰는 단어를 쉽게 가져다 쓰기를 또한 좋아한다. 그래도 오마주라는 건 없다. 좋아하는 것이 이 세상에 꼭 존재하리란 법도 없다. 그래서 나는 내가 좋아하거나 늘 생각하는 몇몇 작가들을 책 속에 풀어넣고 그들이 돌아다니기를 바랐다. 그들이 이번엔 만족할까? 나는 나무는 되는대로 많이 등장시켰고 물고기도 넣어봤다. 오래된 시와 새

로운 시를 뒤섞었고 그 과정에서 메모장이나 탐정이나 호텔을 등장시켰다. 종암동이라는 특정 동네를 그들을 위해 썼는데 괜찮았을지……. 그러나 그들 중 절반 이상은 살아 있지 않다. 최근엔 버지니아 울프가 자살하기 직전에 완성한 소설을 읽었고 일레인 스캐리의 『아름다움과 정의로움에 대하여』도 읽었다. 그러나 나는 지금 카페에 있다. 시를 쓴다고 생각하지만 실은 친구 승택을 생각한다. 나와 승택은 『TOYBOX』에 투고할 콜라보 작품을 쓰고 있다. 내가 먼저 시를 써서 보내면 승택은 도면을 그리고 시를 쓴다. 주제는 편지이지만 우리는 시를 쓴다. 편지에 대해선 승택이 더 많이 알 것이다. 그래서 내 시에는 우체통이 나오지 않고 편지도 나오지 않는다. 하지만 지금은…….

버지니아 울프는 평생에 걸쳐 책에 대한 친구들의 반응을 기다리며 노심초사했다. 이번 책은 이러저러하더군. 친구가 말하면 버지니아는 만족하거나 안도하거나 분노하거나 신경질을 내며 일상을 내팽개쳤다. 그러나 그러한 자신을 당장에 알아차리지는 못했

을 것이다. 라고 버지니아
울프의 일기에서 나는 읽
는다.

이 시는 승택에 대한 시이
고 승택은 내 친구다. 우리
는 친구지만 자주 만나지
않고 그 점을 승택이 아쉬
워할 수도 있다고 생각한
다. 그러나 일주일이 나에
게는 하루 같고 나는 하루
에 한 번 사람을 만나는 것
이 버겁다. 승택이 사람이
아니라 버지니아의 소설
에 등장하는 한 그루의 나
무라면……. (혹은 내가 나
무라면) 난 그 나무를 읽은
줄도 모른 채 버지니아만
생각할 것이다. 그건 슬프

겠지 그러나 누가 언제 슬
퍼할 일인지는 아무도 모
른다.

나는 한국 나이로 서른 살
이고 만으로는 스물아홉
이다.

골목들

골목은 골목이어서 더 이상 말이 필요하지 않다.
그러나 나는 골목에서 사람을 만난다.

어떤 말도 도움이 되지 않을 것이며, 그러나 도움을 주는
자는 사랑에 빠진다.

나는 유년의 침대를 기억한다. 침대 위 흐트러진 이불에
는 격자무늬와 포도가 규칙적으로 배열되어 있다. 멀리서
보면 그저 푸를 뿐인 이불보는 그러나 표면의 무늬를 통해
수집가로서의 기억을 자극하고 나는 뛰어나가야 한다. 빛
이 들이치는 창문 너머의 겨울로! 썰매를 타고 내려오는 친
구들을 외면하고 흐릿한 불빛 아래 책을 읽으며 울렁거림!
크고 작은 썰매 무리가 청년들을 추월해 저지대에 도착했
다. 상관없다. 사랑하는 사람과 함께 보광동 골목을 걷고 있
다, 이런 이야기 어때?

나는 누워서 손등으로 이마의 열을 식힌다. 거대하게 흐
트러진 푸른 이불의 물결을 두 다리로 느끼며 전 생애를 통
틀어 가장 늙어버린 시기를 통과한다. 청년이 되면 어떤 말

도 필요 없을 것이며, 그러나 사랑에 빠진다.

가구점

가구점에는 오래된 소파가 여러 개 있다. 스툴이
하나 있을지도.
테이블이 있을지도.

이 가구점에 대해 쓸 수 있을 것이다.

　스페인의 김유림은 걸었고 보았다 건물을 보았다 크고
납작하고 기둥에 의해 공중에 들어 올려져 있다 푸른색으
로 건물은 건물과 건물과 가까워 보인다 인적 없는 이베리
아반도의 오후에

　푸른색
　전면에 드러난 무정한 건물
　말라가에서 만난 인간은 마르고 길쭉했으며 피어싱을 스
무 개 이상 단 채로 빗자루를 들고 있었다 나는 인간만 기
억하려고 한 건 아니지만 길이란 길에는 예외 없이 인간이
있었다 영국인은 나 몰래 마리화나를 피웠는데 그래서 나
에게 친절할 수 있었다 좋은 행운Good Luck이라고 말하고
사라진 인간은 내 애인이 아니고 그러나 내 애인이라도 해

주고 싶을 말인 것 같다고 뒤늦게 나는 생각한다. 나는 어디에서 어디로 갔을까.

스페인 국적 비애자 훌리오는 마드리드 중심부에 위치한 건물 바닥을 매일 비질했다. 빗자루라면 생각했을 것이다.
한국어를 못한다고 해서 한국인이 아닌 건 아니다.

나는 나라기엔 몹시 마른 상태였다.

우리가 굴뚝새를

버려도 되는 것과 버리면 안 되는 것. 그것은 같은 것이다. 유림은 고개를 들어 굴뚝을 보았다. 굴뚝은 그 자신의 자리에 있었지만 오늘 처음 발견되었다. 유림에게. 유림은 집에서 나와 먼 길을 가야 할 때 가야 하는 길을 걷고 있다. 그 길에는 오래된 집이 하나 있는데 너무 오래되어서 집으로 보이지 않는다. 그러나 그것은 집이다. 유림은 그것을 알고 가끔은 그것을 이루는 벽을 집으로서 바라본다. 예를 들면 이런 것이다:

벽은 별달리 할 수 있는 게 없지만 벽과 만나는 양철 지붕은? 고양이의 거처다. 한낮의 고양이 한 마리가 거기 있다. 고양이가 동네 맛집으로 알려진 스시집 뒤편에서 낮잠을 자기도 한다. 여유로운 고양이가…… 낮잠을 자다가 지나가는 사람들을 쳐다보겠지. 그러나 모른다. 고양이의 졸린 눈과 마주친 어느 날의 거리에는 유림만 있거나 유림과 유림과 동행하는 이가 있을 뿐이다.

또 예를 들면 굴뚝 같은 것이다. 굴뚝은 오래된 아이보리색 벽돌 건물의 외벽에 붙어 있다. 나는 왜 나아가고 있다고 느끼면서도 정체할까, 유림은 그런 고민을 금세 잊는다. 동행하던 사람은 슬리퍼에 돌이 들어가서 잠시 멈춰 섰고 유림의 시점에선 그것도 일종의 멀어짐이다. 왜 이럴까, 날이 덥고 별안간 굴뚝이 보인다. 오래전부터 분명 있었을 터. 오래전부터 분명 있었을 굴뚝이 보이자 굴뚝 옆에 그리고 높이 붙어 있는 '목욕탕' 세 글자가 보인다. 이 건물은 목욕탕이었지만

지금은 목욕탕이 아니라는 걸 이제 유림이 안다. 유림은 그 건물의 앞으로도 옆으로도 뒤로도 지나갔었다. 뒤로 돌아가서 옆으로 비켜서면 공용주차장이 있다. 공용주차장에는 자갈이 있고 모래가 있다. 비가 오면 모래가 젖어서 모래 먼지가 덜 날린다. 그는 지나가고 지나갔다가도 잊어버린 물건을 찾아서 길을 되짚기도 한다.

앞에서 보면 목욕탕이었지만 지금은 목욕탕이 아닌 건물은 아주 익숙하고 아주 익숙한 모습으로 종암동의 한 거리를 이루고 있다.

거기 스시집의 정문이 있어 때때로 불을 밝히거나 밝히지 않는다.

대문을 열고 사람이 나와 고양이를 쫓으려고 막대로 사방을 두드린다. 그런 것. 그런 사람과 고양이가 있는 지점과는 거리가 있었지만 나는 얼마간 그들의 일부였다. 나는 부드럽게 걸어가고 있었고 아무것도 의식하지 못했지만 대체로 기분이 괜찮았다. 그 사실을 알고 있는 동행자는 방울꽃을 보아도 방울꽃을 본 것 같지가 않고 넝쿨장미를 보아도 넝쿨장미를 본 것 같지가 않다. 보아도 이름을 몰랐을 것이다.

우리가 장미주택을 2

누군가와 함께 목격한 삶을 고양이로 착각했다거나 고양이인데 삶이라고 믿을 만큼 날쌔고 또 남달랐다거나 그런 것. 그런 것은 누군가에게 물어보면 또 다른 대답이 된다. 우리가 장미주택을 지나다가 장미주택의 한쪽 담장을 배경으로 사진을 찍었을 때 장미주택에 사는 주민이 걸어나와서

골목으로 사라져버린 것

그것을 나 혼자 목격하고 나 혼자 쓸 수 있게 되었다.

한쪽 담장을 배경으로 찍어서 그 사진이 어디엔가 저장되어 있더라도 어디엔가의 한쪽 담장인 것처럼 부족하다.

사람이 보고 싶어서

사람이 보고 나서

비켜선 담장을 배경으로 햇살을 담아보았습니다. 거기에 있지 않기 때문에 나와 함께 여기서 액정에 잡히는 모르는 동네의 담장은 어떠한지

구경하고 있었을 것이다.

그 사람은 사라지고 없었다.

왜일까 오리가 울고 사람들이 지나갔다 어제는 고양이가
지나갔고 처음엔 그것을 고양이라 생각했고 역시나 고양이
가 맞았다 난 장미주택을 사람이랑 맛있는 밥 먹으러 가는
길에 지나쳤다 그 사람은 장미주택을 너무 마음에 들어 했
고 그 주택에서 살자고 했다 나랑 같이? 물어보지 않고 휴
대폰을 서서히 들어 올려 그 사람의 머리카락 바로 위
에 보이는 장
　　　미
　　　주
　　　택을 찍었다.

사람이 너무 보고 싶어서
사람이랑 같이 보았던
사람이랑 같이 걸었고

그랬고 그랬을 것이라 추측되는 길목에 서서 어제 본 절

간의 고양이나 오늘 본 골목의 오리를 생각한다. 돌아갈 수
있을 것이라 생각했다면
　같이 살자고 하지 않았을 것입니다.

　흐음

　서성이면서
　꺼내 보일 것

　짝다리를 짚고 서 있지 않으면 서 있을 수 없는 사람이나
그런 사람을 닮은 듯한 나무. 나무는 키가 작고 장미주택의
바깥에 서 있지만 장미주택과 연관이 있어 보인다. 그럭저
럭 튼튼한 장미주택의 담장 너머로는 분명 또 하나의 자목
련이 있어
　그곳에서
　사람이 비켜

　비켜야만 지나갈 수 있고 그랬습니다.

김유림의 秘機 2

안녕하세요. 저는 지금 산이 보이는 마을에 와 있습니다. 산은 ― 이렇게 말할 수밖에 없는데요 ― 정말 푸르고 산등성이가 만드는 곡선은 옅지만 초록으로 선명합니다. 가을이지만 아직 단풍이 들지 않았어요. 그래도 초록은 더 이상 여름의 초록이 아니라 더욱더 신비롭고 낡았습니다.

어떤 글로 답을 할까 생각하다가

이렇게 보이는 대로의 2020년 9월 28일 풍경을 적어 보냅니다.

행복하고 건강하세요.

자기만의 방

제 앞에는 흰 그릇이 있습니다. 흰 그릇(우묵하기는 우묵
하지만 꽤 넙데데하다는 인상을 주는 그릇입니다)엔 토마
토 두 조각, 사과 한 조각, 키위 세 조각이 놓여 있습니다.

말라가는 커피 가루가 있고요, 하얀 전기 포트가 있습니다.
아버지께서 사다 주신 사과는 달지는 않지만
가을 사과에 가까운 맛을 냅니다.

당신이 오지 못한다는 소식을 전해 듣고는
저도 차근차근 주위를 둘러보았고요, 사랑하는 것들을
떠올려보았습니다.

지금은 흰 그릇과 노란색 조명이 편안함을 주고요, 도토
리색의 테이블은 아주 조용합니다. 적막한 아침이고 사실
입니다. 저는 애정 없이도 가능한 포근한 기분을 잠시 느껴
보았어요. 당신이 언제까지나 건강하고 또 행복하길 바랍
니다.

실업 수당 못 받았어요

　김유림은 간판의 변화를 알아차린다. 간판은 비뚤어져 있다. 비를 맞아서? 내가 지나가서? 나무는 비뚤어진 부분을 가리고 서 있다. 나무는 역시나 비뚤어진 부분을 묘하게 가리고 서 있다. 나무가 약간 기울었지. 그러나 그건 정상이다. 나무가 약간 기울었지? 그러나 그건 정상이 어디에 있느냐에 따라 달라 보인다고 김유림은 생각하고 버스는 달려간다. 김유림은 달려간다. 김유림은 주인공이 된 기분으로 달려간다. 주인공이 된 기분에서 주인공이 멀어지는 기분으로 달려간다. 앞으로. 나무와 야마하 오토바이와 알래스카 연어와 상점이 달려가고 나는 나를 따돌려서 기쁘다.

그리펜 호수에 두고 온 것

그리펜 호수는 페터 한트케의 어린 시절로부터 빌려 왔
다 그것은 내게 안겨 고국으로 돌아오는 동안 조용할 뿐이
었다 나는 그것이 말을 하리라 기대하진 않았으므로 그러
나 기대를 깨는 예외를 유년으로부터 기대하는

마음을 부인할 수는 없었기 때문에
마음을 부인할 수 없지만

마음은 없었다

그리펜 호수님이 무언가를 한다면 그건
자신도 자신에게 뛰어들어 수영을 하거나
자신도 자신에게 뛰어들어 수영을 하는
고기를 잡는

아이들과 수영을 하거나
였다

아마도 그럴 것이다 호수님에게 기대하는 바가 결국 말

일 뿐이라서 나는 나 자신에게 실망했다 나도 일종一種의
유년을 가지고 있으나 그것의 시간과 공간은 일치하지 않
아서
　문을 열고 올라타 실려 가더라도
　2000년의 서울이거나 서울의 1997년이었다
　위의 문장이 어긋났다는 걸 아는 사람은 나밖에 없다는 사
실이
　유년을 유년에게 확인시켜준다

　호수님은 어째서 나의 등이나 발목을 잠기게 하지 않고
　고요히 몸을 펴뜨리고 있으며
　그러나 겨우 기억만 할까
　친구들은 기억의 크기가 어긋난 것을 맞추어가며
　송년회를 열고 있었다 크기의 송년회였다

　연말과 연초의 그리펜 호수님은
　일종一種의 나무의 모양새가 트리에 가깝기를 바라는
　나의 옆에서 주인을 잃어가고 있었다
　사유지에서 주운

기억을

돌려주지 않고
그리펜이 그리펜에게
돌아가지 않도록

꽉 잡고 있었지만 전혀 축축하지도 않고 어둡지도 않고
심연도 아니다
　겉은 바삭하고 속은 촉촉한가?
　그것은 서울이란다
　나는 서울에서 태어났단다
　그리펜 호수는 말이 없었다 어두워 밝아 어두워 그러나
　터널이 끝나고 정류장이 보이고 마중 나온 이와 기뻐서
손뼉을 칠 때
　이 사람 어디서 본 적이 있어
　오백 년 전에

　이 사람은 나 말이오?
　나야말로 이 사람을 본 적이 있소,라며 내 얼굴을 가리켰

다 송년회가 열리는 카페 문이 열리고
　이 사람과 이 사람은 팔짱을 끼고 입장했다
　나의 그리펜 호수는 어디로 갔을까

　이 사람은 뒤를 돌아보는 버릇이 있었지만
　오늘은 그렇게 하지 않았다 잃어버린 것이 확실한 것은
　돌아보지 않아야
　처음부터
　이이의 것이 아니었거나

평어 모임

평어 모임에 다녀왔다 들어봤는지 모르겠지만
평어라는 물고기가 있다 그것은 이름과는 다르게 납작하
지도 않고 평평하지도 않다 그러니까 넙치와 같은 물고기
를 상상하면 안 된다 그것은
　울룩불룩하고
　삼차원이 아니며
　거대한 물고기로 누구도 본 적이 없다

　에서 평어 모임의 A는 납득하지 못했다
　여기서는 말을 하는 게 중요하지
　말의 내용은 중요하지 않다

　A와 D는 혼란을 마음으로 읽고 있었기 때문에
　문제가 생겼다고 생각해서

　마음의 문을 닫고 (마음을 뜯어낼 수는 없었다 마음은 없
으니까)
　마음의 문 안에마음이 없다는 걸숨기기 위해
　마음의 문을 닫았다는 표현을 썼다 말을 한 거다

C와 나는 이 사람들이 평어를 먹더니 더욱더 사람들에
가까워졌다고 판단했다
처음처럼 한 병이랑 참이슬 한 병을 시켜서
섞어 먹으니
좋았고

더 이상 생각이란 걸 하지 않고도 반투명한 살점을
입속에 넣을 수 있었다 그것이 어떻게 해서 강에서 낚여
사람들 틈으로 오게 되었으며 본래의 형태를 잃어버리게
되었는지 모른다 혹자는
삼차원이 아니기 때문에 일반적인 낚시법으로는 낚을 수
없다 한다
형태가 없다고도 하고
형태가 있다면
평어라는 두 글자일 뿐이라고들 한다

말이 그렇지 사람들은 말이 그렇지라는 말을 하면서
자신들이 A든 나든 C든 D든 무엇으로든 불려도 상관없

다지만 왠지 C라고 하면 밀려난 기분이 들어 돌아가면서
C를 하기로 했다
나를 하고 싶어 하는 사람이 별로 없다

말 배우기

예를 들어 계수기에 대해 배운다는 것은 계수기를 들고 있을 법한 사람에 대해 고민해본다는 것이다. 고민해본다는 것은 꾸며낸다는 것이다. 꾸며낸다는 것은…… 그런 사람이나 그런 경우가 있었으리라고 믿게 만드는 것이다. 계수기는 679명을 가리키고 있었고 어른은 그중 일부였을 뿐이다. 오늘 하루 680여 명의 사람들이 오고 간 로비에는 옅은 노란색 코스튬을 입은 직원이 두 명 있었다. 난 아무것도 알아낼 수 없었다. 동상 하나. 보드 둘. 긴 머리 셋. 짧은 머리 여럿. 조명 근사. 해파리 모양. 그리고 여기, 꾸민 티가 나는 이야기가 있었다. 이순신 동상이 있는 우측 하단의 광장으로 내려가도 타워가 보인다는 이야기 말이다. 거기서 나는 모퉁이를 돌아 숙소로 사라지는 길이다.

나는 부산에 갔다.
나는 부산타워를 보러 갔다.

아르바이트생이 계수기를 들고 있었다.

낯설게 하기

나는 익숙한 풍경에다 모니터를 걸었습니다. 모니터는 작고 오래되었지만 자신의 기능을 아는 듯합니다. 게다가 나이도 들었으니 최고로 성공한 모니터입니다. 그러나 최신도 아닌 기기는 우리 집에 필요 없는데! 나는 지나다가 붙잡혀 온 고물에게 그 자신의 역사를 가르쳐줄 시간과 공간이 없을뿐더러 일을 하러 가야 합니다.

그 카페로 다시

어쩌면 그 카페로 다시 가서 그 사람을 만날 수 있을지도.
나는 종암동을 걸으며 생각을 한다. 생각은 나를 알고 그러
나 생각은 거의 이미지나 느낌에 가깝다.

거북의 배처럼 둥글고 흰 길을 따라 걷는데 꿈이 아니었
다. 흰 것은 희다는 느낌에서 왔고 거북은 거북에게서 왔다.
길에는 상점들이 많았고 나는 기뻤고 또 기쁘게 해주고 싶
었다. 때는 무덥고 습한 여름이었고 그 사실만이 김유림의
이미지를 도와줄 수 있었다.

무얼? 내가 보기에 김유림은 사람을 그리워하고 거부할
수 없는 운명을 그리워한다. 카페의 테이블에 두 손을 천천
히 내려놓는데 마치 여느 때처럼 카드점을 보려는 것 같다.
그러나 그런 상황을 연출하고 부추긴 사람은 김유림의 동
행자였으며 김유림은 단지 카메라 앞에서 수줍은 사람일
뿐이었다.

그 카페로 다시

어쩌면 그 카페가 그 카페가 아닐지도 모른다. 그 사람이 그 사람이 아닐지도. 그러나 김유림은 그 카페로 다시 간다. 가고 싶지 않아도 가던 어느 날처럼. 하늘은 열리고 비행기는 난다. 비행기는 날고 하늘은 열리지 않아도 김유림은 무언가는 열리고 만다는 마음으로 그러나 신물이 나서 더 이상을 바라지 않는 마음으로 비행기를 느끼지 못한다. 앉아서 동체의 흔들림을 느끼고 잠이 들지 못한다. 무엇이 문제가 될까? 아무도 문제를 문제라고 생각하지 않는다. 우리에겐 문제가 필요하기 때문이죠. 타오밍은 잠든 사람의 담요를 당겨 덮어준다. 잠든 사람은 작고 잠든 사람은 지쳤고 회색 담요는 더러워 보인다. 손가락은 담요의 바깥 면(이라는 게 있다면)을 붙들고 있다……. 그리고 물컵. 물은 달콤하고 어떤 때엔 턱없이 작다.

목소리를 내고 싶은 사람

심한 근시의 문제는 이것이다. 목소리를 내고 싶은 사람
이기도 하다는 것. 유림은 이런저런 고민들을 해도 두부가
두부라는 걸 안다. 두부는 맛있고 실용적이다.

목소리를 내고 싶은 사람

나는 있었고 너의 친구였다. 너의 친구는 거짓말을 한 것이다. "너에게 동생이 있었고 동생이 죽었다고 했는데 동생은 나의 친구이기도 했고 너의 친구이기도 했다." 무슨 소리야. 나는 아직 연락이 닿지 않는 데다 건강하다. 나는 생생하다.

느끼고 힘을 준다는 것

　산삼을 닮은 당근 조형물을 보고 있었지. 눈이 멀어 보이지 않았다. 그래도 당근 조형물이 로터리에 있다는 걸 늘 확인하고 싶다. 버스는 엄청 빨리 달렸고 집에 도착하니 8시였다.

느끼고 힘을 준다는 것

산삼을 만져보세요. 나는 만져보라는 산삼은 처음이다. 타이어가 펑크 나서 휴게소에 앉아 산삼을 닮은 산삼을 봅니다. 물론 가까이서도요. 이미 보았다. 난 어디에 있어야 할지 모르겠다. 작은 휴게소라 해도 만져보라는 산삼은 처음이다. 처음으로 멀리 가고 싶기도 하고 이미 멀리 있기도 하네. 파라솔 아래 앉아 구름 낀 저녁이고 아주 작은 저녁이네. 그때 반드시 사람이 걸어와서 말을 걸고 화를 낸다. 태세를 갖추고 나는 절대 도망가지 않는다. 웃기는 녀석이다.

실업 수당 못 받았어요

간판은 비뚤어져 있다.

나무는 비뚤어진 부분을 가리고 서 있다.

나무는 역시나 (김유림이 보고자 하는) 비뚤어진 부분을 묘하게 가리고 서 있다.

"똑바로 자라는 건 나무가 아니다."

나무는 나무의 기둥이 어디에

있느냐에 따라 달라 보인다고 생각하고 김유림은 김유림이 뒤로한 나무와 야마하 오토바이와 알래스카 연어와 상점의 세부를 가리고 서 있다.

그 사람을 만난 곳

그 사람을 만난 곳은 집이 아닌 곳에서였다. 사람이 왜 건축이나 디자인이나 타이포그래피에 관심을 갖는지 알 것 같기도 그러나

알 것 같기만 하지 잘 모르는 채로

집이 아닌 곳에 간다.

나는 그러나 사람이 왜 건축이나 디자인이나 퍼포먼스, 퍼포먼스를 위한 지침서, 지침서를 대체할 수 있는(혹은 없는) 잡화에 관심을 갖는지 알 것 같기도.

김유림은 그런 말은 하지 않고 사람들 틈에 섞여 있다.

맥주도 마시고 탄산수도 마신다. 그 사람은 돌아간다는데 그 사람과 말을 섞지 못한다. 그러나

계단이라는 것. 계단이 가팔라서 휘청거리는 것.

말하지 못한 것을 말하고 싶다. 또 이렇다. 그곳은 낡은 벽돌 주택이었다. 낡은 벽돌 주택을 개조해서 상점으로도 게스트하우스로도 가정집으로도 쓰는 공간이었다. 올라갈수록 당연히 바닥과 멀어지는데 그건 사방이 허공이기 때

문이다. 심한 근시인 유림도 그 정도는 알고 또

　뭐랄까, 멀어진 기분이 들었다. 언제는 사람들과 만나고 언제는 사람과 만나면서

　유림은 함께 있어서 멀어지지도 가까워지지도 못하는 경우에 익숙해진다. 흐음, 이 건물의 화장실은 깨끗하지도 않지만 안 깨끗하지도 않다……. 화장실의 창문을 열고 허공을 쩨려본다. "나는 심한 근시이고 심한 근시가 (아니더라도 허공을) 쩨려보는 건 우스운 일이다." 여기서 나아갈 수 있다면

　유림은 탄산수가 든 잔을 흔들다가 화장실에 다녀왔으며 체리를 먹었고 사탕을 먹었다. 어떤 방식으로인가 세 번 즈음 바깥을 보았으며 네 번 즈음 바깥으로 나갔고 결국 역을 향해 걸었다.

족제비 보았지

언젠가는 반드시 쓰겠다고 생각한 이 글에서 족제비를 주인공이 아닌 조연으로서 사용하고 싶다. 그러나 글에게도 나에게도 문제는 이것이다.

벽돌과 벽돌이 만나는 지점에 아교를 사용할까? 벽돌과 벽돌이 아니라 돌덩이와 돌덩이 아닐까? 나는 돌아가고 싶어도 돌아가지 못하는 족제비 보았지의 시작 지점을 더듬고 있다. 부끄러워하지 말아야 한다. 궁궐의 담벼락이 보인다. 검은 엉덩이가 보인다. 검은 엉덩이가 풀숲 사이에서 움직인다. 검은 엉덩이를 따라 움직이더니 더 빨리 움직이더니 그것이 사라지고 말았다. 일어나! 사람과 사람은 일어난다.

여기서부터는 순차적이다.

궁터 한가운데 커다란 인공 달이 설치되어 있다. 늦은 밤이고 그러나 사람이 많다.
깊숙이 들어가면 못이 있는데
인공 못이다.

"사람이 흐드러진 수양버들을 붙잡고 있네."

그것이 튕겨져 나가더니 사람의 이마를 때린다.
인공 못 웃음 장면의 시작이다.

환유가 뭐라고

예술의 전당을 나서자
예술의 전당은 보이지 않았다 어디로 간 걸까

그래도 예술의 전당은 보여주었다

횡단보도를 건너
이곳으로 오던 때가 기억난다 그것은 아주 먼 일
은 아니지만 아주 먼 일이라고 해도
어차피 지나간 것

그래서 가까운 것

화창한 날이기 때문에 사람들은 바람을 피하지 못한다
화창한 날이기 때문에 피할 것이
그래도 있다 이를테면 햇살

　　　　(추운데)

나는 많은 일을 겪었다 라일락꽃이 만발한 강남의 빌라는

단단히 이상했다 측면에는 편의점 건물이 있고 흡연자가

　중소
　규모의 아파트 단지가
　대나무 단지가
　그래

　대나무 단지는 보여주었다 대나무 단지를 지나치면 대나무는 보이지 않는다는 것을 그러나 뒤돌아서면 되었다

　이루 말할 수 없는 노동에

　전당은 보이지 않았다 예술은 전당은 보이지 않는 것이 되었다 그래도 우리는 예술의 전당을 보았다고 한다 나는

　기억해 이 돌담은 아니 베이지색 벽은
　노출 계단을 따라 내려오던 우리는

　그렇다

횡단보도를 건너

빠져나가기 바빴습니다. 새가 있었습니다. 여전히 사람
이 많은 점심 식당가가 있었습니다. 그것을 지나야 언덕이
있었습니다. 비슷한 철쭉이니 비슷한 라일락입니다. 꿀이
있었습니다. 환상이 있었고 메말랐습니다. 잎이 구르고 돌
이 따라왔습니다. 우리는 그런 날을 절대 돌아보지 않아

우리를 보고
우리를 안 보고 지나가는 주민들도 뒤는 보지 않습니다
그래도

예술의 전당은 보여주었다

찌르레기 찌르레기

내가 날 수 있다면. 나는 정지한다. 나는 정지하고 산 아래 구역이 정지한다. 산 아래 구역이 정지하고 네가 정지한다. "내가 날 수 있다면 나는 걱정한다." 너는 걸어서 걸어서 그곳으로 가지만 영혼은 정지한다. 영혼이여, 정지해서 그래서? 너는 찌르레기 하늘에도 區域이 있다는 사실을 눈으로 볼 뿐이다.

강원도의 힘

나는 해송 숲에 다시 돌아갈 수 있었다. 내가 뒤집었던 돌을 만져본다고 생각할 수 있었다. 그 돌은 그 돌이고 그러나 돌이 아니다. 돌이 한 무더기 쌓여서 자갈의 해변을 이룬다고 나는 생각했던 것이다. 무엇을? 화가 나서 돌은 말이 없었고 나도 말이 없었지만 기운도 말이 없었고 풍경도 말이 없었다. 나는 내가 화가 났을 때야말로 행복하다는 사실을 알아버린 것이다.

그렇게 말하자 친구는 말이 없었다. 친구는 말이 없고 나는 돌이 하나 돌이 하나 둘 둘 많이 달리 뭉쳐서 그러나 그들만의 선을 이루어 풍경을 떠나버리는 것을, 기억하지 못하거나 언급하지 못한 돌마저도 가져가버리는 것을 기운차게 지켜보고 있었다.

해송 숲은 사실 그렇게 빽빽하진 않았고 엉성한 구석이 많았다.

해송 숲의 뒤편이나 정면에는 ─ 엽서인가 싶겠지만 그것은 분명 길이었다 ─ 당연히 횟집이나 민박집이 줄기차

게 늘어서 있었고 그들은 그것들을 지나치며 현실감을 되찾고 손을 잡는다. 아앗! 손은 물컹하고 부드러워! 난 안기고 싶어서 그렇게 말했고 비가 오지 않는데도 인파가 없고 상술이 없고 매표소 직원이 없다는 사실이 고요한 풍경이란 걸 강요하고 있었다.

엽서 연구

창문에는 독특한 결정이 묻어 있었습니다. 그 사람은 결정을 살펴보기 위해 돋보기를 사 왔습니다. 아름다운 돋보기 외투는 그렇게 발견되었습니다. 작고 까만 보석이 촘촘히 박혀 있어서 아름답고 그 형태는 꼭 돋보기 같습니다. 그때부터 아랫동네 아이들은 돋보기를 통해서가 아니라 돋보기 외투를 통해서 심부름의 재미를 익혔습니다.

개발자는 촛불을 켜고 사는 山속의 야인이었습니다.

촛불 외투도 개발되었습니다. 촛불을 끄기 위해 사용합니다. 돋보기를 끄기 위해 (돋보기 외투를) 사용합니다. 최신 영화도 이처럼 흥행하지 못합니다. 세상은 황급히 바뀌어가지만 나는 직물 가게에서 일하기 때문에 매일같이 어두울 뿐입니다. 돌아오실 때엔 과자를 꼭 사 오시고 이국적인 창문도 한 장 사 오시어요. 이곳 창문은 이제 말뿐입니다. 창문 외투도 개발되었기 때문입니다.

한때의 유행이겠지요!

이만 줄이려고 합니다. 이 글에도 여러 가지의 외투가 사용되었음을 잊지 말아주세요.

사방이 온화하고, 산을 보려면 산 외투를 벗겨야 합니다.

미묘한 균형 미묘한 불균형

바다는 화가 났다.

바다는 안아주지 않으며 밀어내지 않는다. (그리하면 색감도 없다.)

색감도 없고 분위기도 없다. 나는 구도를 바꿔가며 그림을 변주하고 있었고 변주는 최소한의 활기를 제공해왔다. 그러나 비평은 너무 어렵고 사람들은 너무 어려운 비평家를 향해 쓸쓸한 미소를 짓는다. 이토록 멀리까지 왔기 때문에!

그들은 보상을 바라고 있었다.

고운 모래를 닮은 스카프를 두르고 멍청해 보이는

잿빛 모자를 쓰고 있다.

"그들은 보상을 바라고 있었다."

"거기서 의도가 느껴진다."

"나는 나를 내려다본다."

나는 나를 내려다본다.

나는 삭고 분노에 찬 주인공을 테라스에서 내려다본다.

아, 너무 단순했는데.

그러나 화해는 어렵고 형체는 외려 커져간다.
"거기서 겨울 공기가 느껴진다."

여러 조각이고
단면이고
그래도 기뻤으며
더 이상은 무리야 기타 등등.

미묘한 균형 미묘한 불균형

어쨌든 길이란 걸 따라가볼 수 있었다. 양편에는 고르지 않은 풀이 무더기로 자라고 있었다…… 풀이 무더기에 가까워지고 있었다. 불어나고 있었다. 양편과 양편을 생명체라고 할 수 있었다! 나는 손을 잡고 (나는 언제나 손을 잡는 편을 선호한다) 현실을 갖기 위해 노력했다. 아직은 부모님이 살아 계시고 나를 위해 눈물 흘릴 사람들이 있기 때문이다.

웃는
환호성

저 멀리 탑이 보이고 하찮은 연못도 보였다.
그러나 불타버린 둔덕과 이어지면서는

기묘하군, 기묘한 그림을 만들고 있었다.

갑자기 스님이 나타나 원경을 이렇게 저렇게 오고 가더니 경내에서 사라진다.

방해가 된 것이다.

손쉽게 무언가를 달성한 기분은 가시지 않았고,
젊은이는 견디는 수밖에 없었다.

그리고 커다란 오후의 장난감 거미

그리고 커다란 오후의 장난감 거미를 옥상에서 본다 오
후지만
어두워서 오후의 끝이라고 생각된다 그러나

저녁은 아니다

그 속에 커다란 감정이 들었지만 흔들기엔 대낮이었다
옥상이라
누가 안 볼 확률이 높았지만 누가 볼 경우도

커다란 오후 안
들어 있었던 것 같다 하늘색이랑 비슷한
옥상은 하늘색과 난간으로 정확히 구분되고 있어
다행이다 사람이
잘못 걸어나가는 경우도 생각해야 하는 게 힘들다 물론
잘못이나 실수는 서로 다르다고 사람들은 말하지만

사람들 말고 사람만 만나보면

둘을 혼동하는 경우가
잦다
내가 그 거미를 장난감이라고 착각한 것은 그 거미가 열
대에서나 볼 법한
통통하고 털이 숭숭 난
거미였기 때문이다

그리고 움직이지 않았다 움직이지 않음

커다란 장난감
같다는
오후의 거미 옆을 수차례 지나다니며
가을을 이겨낸 식물에게 비료로 강아지 오줌을 부어주었다
어떤 화분은 비었고
어떤 화분은

삽이 들었다
난 잘 모른다 어떻게 식물을
원통형 흙에 꽂아 키우며

(퍽퍽)
엘피는 돌아가면서
소리를 내는
지

뭔가 착각이 있었나 본데 그건 실수라고 하기엔
푹푹

우리가 장미주택을

더 이상 쓸 수 없는 이야기라서 괴로운 것도 아니었고 슬
픈 것도 아니었다
장미주택을 보았는데 그것이 이야기로 연결되지 않아서
갈 수가 없다
어째서 가로막혔는지 그러나 담장이 길을 따라 서 있고
길을 따라갈 수 있는데 안 가고 있다 안 가는 것만이
가로막히는 것
너무 답답해서 외투를 벗고 땀을 훔쳤다
손에 쥔 것
펼쳐도 움츠러든 것
모양 모양으로 핀 꽃 같은 것 대충
하얀 것 하얗다가 만 것 그래서 자세히 보면
반원 모양의 그릇 모양의 화분에 진녹색 두 줄이 있고
흙이 당연히 빈약한 나무가
당연히 꽂혀 있다
키우는 사람들
키운다고 생각하는 사람들
그러나 화분의 주인은 여기 어디에도 없다
사람이 있을 법한데, 그리고 있을 텐데 보이지 않는다

한강까지 가버린 주민들을 따라서 길어지는

환한 오후의 거리

환한 오후의 거리에 장미주택이 있고 담장이 있고, 담장
의 너머로는 빛이 있고, 담장의 너머로는 빛이 있고, 담장이
있고 장미주택이 있다
여기는 동네이고 저기는 동네이다
어디로도 건너가지 못하면서
보아버린
먼 멀어버린 것
난 눈을 감고 말았다 장미주택으로 돌아간 그날엔
동네 주민 누구인가 당신이
손 흔들어주면서
저기 봐라
온다 끝까지 가서 한강 맛을 보고
돌아오는 사람들 손에 들린 것은 모르는 체하면서
돌아오는 사람들 아무 일도 없다는 듯이 집으로 들어가
고 없다.

"아마 그랬을 것이다."
아주 더운 봄날 헷갈리는 나는
문이 없어서 괴로운
문 잡이의 친구
누가 친구고 누가 문 잡이였지
바람에 맞고 싶어서 걸어보기로 한다
잡아끌어서 길이라는 것이든 문이라는 것이든 뭐
아무래도 뭐라는 것이든 쑤셔 넣고

유혹을 참고

유혹을 참고 사람들이 갔다던 곳으로 가버린다
아 제발 나는 가고
나만의 것은 아닌 장미주택

참는다

대충 이상한 화분이 보였을 때부터 알아차려야 했는데

귀여운 것들

그러나 도로는 울퉁불퉁하다. 고르게 가다가 울퉁불퉁하다. 멀리 돌이 하나 둘 네다섯 흩어져 있다. 흩어져 아무 형상도 이루지 않는 만족스러운 것들. 귀여운 것들. 빵빵. 중형차가 경적을 울리고 나는 가족이 되어야 한다. 가족이 되어서 사라져야 한다. 진실로 하얀 구름 떼를 따라 이윽고 사라져야 한다.

세기

아주 오래전 일이다.

『중력과 은총』을 읽고 있을 무렵이었다.

전철이 여느 때처럼 멈추더니 사람들이 쏟아져 들어왔다. 나는 "장미주택이 세워지던 1950년 말, 서울의 서북부는 난개발의 미래를 예상하지 못한 채 고요할 따름이었다." 는 목소리를 듣는다.

그것은 차내에 울려 퍼지지 않았다.

『예술과 잡지』에 발표할 수도 있었을 것이다.

나는 "장미주택이 있다"는 사실과 "장미주택이 있지만 우리가 장미주택을 어찌할 수 있거나 어찌할 수 있어서 마주하는 건 아니라"는 사실, 그리고 "장미주택이 있지만 장미주택이 있다는 사실과는 사실 절대 마주할 수 없다"는 현실을 기록해보고 싶었다.

나를 개념 미술가나 설치 예술가로 불러도 좋다.

혹은 사진 예술가나 건축가로도. 건축으로서의 예술이나, 건축으로서의 글쓰기라는 단어를 떠올려도 좋다. 어쩌면 이건 도큐멘테이션이고, 자전 문학일 것이다.

"나는 희미한 두려움에 잠식당했다."

×

벽돌. 적색 벽돌.

×

그러나 그것만으로는 충분하지 않았다. 흰색 도기 화분이며, 枯死한 木의 마른 껍질, 마른 껍질에서 환영처럼 떨어져 내리는 흰 가루 물질, 해, 나는 해를 보았지만 그걸로는 충분하지 않았는데 해는 해이기는 했어도 햇살에 더 가까웠기 때문이다.

그가 키스하는 순간, 기댈
오후의 벽이 필요했다.

이것으로 충분할까?

×

"나를 장사치로 불러도 좋다." 나는 그에게 말했고, 그는
이해하고 인정했다. 그가 이해하고 인정했지, 이해하거나
인정하지는 않았다는 사실이 중요했다. 언제나 사실은 미
묘했기 때문이다. 녹슨 한강철교의 이미저리가 빠르게 흘
러가고 나는 누가 '이미저리'를 내게 알려주었는지를 궁금
해하고 있었다.

×

나는 녹슨 철문으로 들어섰다.

나는 녹슨 철문 새로 들어섰다. 녹슨 철문 새로

올록볼록한 철제 문살이 만져지는,

그것은 초록이었다.

그리고 연회색, 진회색, 점점이 갈색, 그러다가 간간이 검은색. 주로 검은색. 그러나 대체로 연한 회색으로 기억될 그 계단을 올라서 방으로 들어갔다. 방은 누렇고 불그죽죽한 선으로 범벅이 되어 있지 않았고, 단정한 흰색이었다.

계속되는 걸까?

아니. 아니다.

나들이

나는 펼쳐둘 수도 있었지만 그렇게 하지 않았다. 미래는 다가와 있었고 (언제나) 모르는 쪽은 현재였다.

들판에는 거북이 있었다. 거북을 닮은 돌이 하나 있었다. 우리는 사진을 찍으며 다가온다. 누구에게로? 거북을 닮은 돌 위에는 청개구리를 닮은 돌이 청개구리를 닮은 돌이 토해낸 모래 같은 자갈이. 아무도 그것에 관심을 가지지 않았다.

사람이 없었기 때문에.

그러나 나무는 나무는 어떻게든 광경의 둘레를 막고 서 있었다.

끝이 없어서 힘들어졌을 광경은 이제 닫혔다.

나는 흐뭇해하며 닮을 수도 있지만 그렇지 않은 단 하나의 광경을 본다. 그는 움직이고 나는 멈추어 서 있다.

무언가를 발생시켜야 할까?

나는 댓돌 위로 올라서서 건물의 내부를 보았다. 건물의 내부에는 나무를 깎아 만든 한 마리의 용이 놓여 있었다.

　설명이 중요한 날들은 지나가고 말았다. 해가 뜨거웠지만 그렇다고 그를 잊은 건 아니었다. 비난하는 사람들. 사람들은 이 광경으로부터 빠져나가는 경로가 너무나도 명백하다는 사실에 놀랄 것이다. 연못…… 낡은 탑…… 그럼에도 환호하는 사람들…… 스포츠! 나는 맥락을 잊고 보이는 것을 따라 도심에 이르렀다.

복수는 나의 것

우리가 추워서 가는 길에 자동차가 다섯 대 지나갔다. 그것들이야!

기다리고 우리가 나타났다. 새는 없고 달이 있었다. 달이 있고 낙엽이 있었다.

우리는 낙엽을 밟으며 가는 길이었고 그것들이야! 그러나 낙엽은 낙엽이고 길은 길이었다.

도시 개발 계획을 지켜볼 수도 있었지만 나는 내가 셋이라는 걸 알았다.

건널목은 좁고 그대로. 변한 게 없다.

우리가 추워서 가는 길에 자동차가 다섯 대 지나갔다. 그것들이다.

복수는 나의 것

우리가 추워서 가는 길에 자동차가 다섯 대 지나갔다. 그
것들이야! 기다리고 우리가 나타났다. 새는 없고 달이 있
었다. 달이 있고 낙엽이 있었다. 우리는 낙엽을 밟으며 가
는 길이었고 그것들이야! 그러나 낙엽은 낙엽이고 길은 길
이었다. 도시 개발 계획을 지켜볼 수도 있었지만 나는 내가
셋이라는 걸 알았다. 건널목은 좁고 그대로. 변한 게 없다.

문 열기

　나는 앞으로 열었는데 세계는 앞으로 나아가고 나아가
기만 했다.
　무른 이파리가 짓이겨져 하나의 볼ball이 되었다.

　문틈에 끼여 있다.
　아무리 흔들어도 움직이지 않길래
　나무로 만든 기다란 막대 모양의 도구를 꺼냈다.
　그것은 볼ball을
　꺼냈다.

　그것은 자기 자신을 끄집어냈다.

　손님은 시시한 사람이었다.
　나는 설거지를 했다.
　밝은 대낮의 거리를 걸으며 요기에게 복비를 내다니 사
는 게 정말 개똥 같고 어처구니가 없습니다. 부드럽고 푹
신한 색색 물체가 몹시 즐긴다.

이상한 기구

무덤은 밖으로
뛰였을까 나는 바로 섰다.

돌아가면서

비밀의 문

요가 수도자의 문은 평범했다. 문은 도토리색이었다.

나는 기억 소환 기억술을 거부하며 문인 그대로 서 있었다.
도토리는 도토리에서 왔고 先山은 선산에서 왔다. 속살
은 속살에서 오고 문은 문이다. 문은 도토리색이고 문의 손
잡이는 둥글다. 질문 상자 앞에서 나는 문인 그대로 서 있
었다.
문장 그대로 서 있었다.

지금 이 순간을 특별한 추억으로
만들고자 했다. 그러나 나는 평범한 문이었다.

그가 내게 요가도 하고 타로점도 치는 요가 수도자의 작
업 공간을 소개해주었을 때, 나는 이미 무언가를 보고 말았
다. 그래서 문은 남달라야 했으며 기억에 남아야만 했고 계
시여야 했는데…… 우리는 손잡이를 잡고 문을 열었다. 손
잡이는 부드러웠다.

인터뷰의 길

나는 두 개의 기둥을 보았다. 두 개의 기둥이 콘크리트 난간을 받치고 있는 것을 보았다. 콘크리트 난간 새로 튀어나온 식물의 줄기를 보았다. 비가 내리고 우산이 있었지만 우산을 기울여 나는 보았다. 흔들리는 식물을 보았다. 그 사람을 보았다. 그 사람은 친절했고 나는 잊었지. 그러나 사람은 얌전하고 비는 내린다. 사람은 바지를 입고 걷다가 두 개의 기둥을 본다. 두 개의 기둥은 말하지 않는다. 네가 여기서 영원을 마주할 거라고. 그러나 그들은 묘하게 어긋나 있다.

나는 두 개의 기둥을 보았다. 두 개의 벽돌 기둥이 콘크리트 난간을 받치고 있는 것을 보았다. 콘크리트 난간 새로 튀어나온 식물의 줄기를 보았다. 비가 내리고 우산이 있었지만 우산을 기울여 나는 보았다. 흔들리는 식물을 보았다. 그 사람을 보았다. 그 사람은 친절했고 나는 잊었지.

연약한 녹색이었다.

그렇게 문을 열었다. 철은 쉽게 (녹슨다) 외부 계단은 미끄럽게 (녹슨다) 실내로 이어지게 (녹슨다) 잊어버린 (녹

슨다) 문이 (여기) 크지도 작지도 않다는 사실이 (녹슨다)
영원이 마지못해 차례대로 공개한다.

"우리는…… 현재로서 해야 할 일과 해서 나쁠 것 없는
일을 알고 있었고 착한 사람들을 지나쳐 보냈다."

들어섰다면 큰일이 났을 거야, 식물은 속삭이고 흔들리
고 또…… 현실의 기둥을 간지럽힌다.

인터뷰의 길

1

나는 두 개의 기둥을 보았다. 두 개의 기둥이 콘크리트 난간을 받치고 있는 것을 보았다. 콘크리트 난간 새로 튀어나온 식물의 줄기를 보았다. 비가 내리고 우산이 있었지만 우산을 기울여 나는 보았다. 흔들리는 식물을 보았다. 그 사람을 보았다. 그 사람은 친절했고 나는 잊었지. 그러나 비가 내린다.

비가 내리고 두 개의 기둥은 말하지 않는다.

네가 여기서 영원을 마주할 거라고.

그러나 그들은 묘하게 어긋나 있다.

2

나는 두 개의 기둥을 보았다. 두 개의 기둥이 콘크리트 난간을 받치고 있는 것을 보았다. 콘크리트 난간 새로 튀어나온 식물의 줄기를 보았다.

연약한 녹색이었다.

비가 내리고 우산이 있었지만, 우산을 기울여
나는 보았다.
나는 흔들리는 식물을 보고 말았다.

3

그 사람을 보았다.

비가 내리고 우산이 있었지만 우산을 기울여,
　나는 보았다. 두 개의 기둥을 보았다. 두 개의 기둥은 말
하지 않는다.

　"네가 여기서 영원을 마주할 거라고."

　그렇게 문을 연다. 철은 쉽게 (녹슨다) 외부 계단은 미끄
럽게 (녹슨다) 실내로 이어지게 (녹슨다) 잊어버린 (녹슨
다) 문이 (여기) 크지도 작지도 않다는 사실이 (녹슨다) 영
원이 마지못해 차례대로 공개한다.

들어섰다면 큰일이 났을 거야, 식물은 속삭이고 흔들리
고 또…… 현실의 눈 기둥을 간지럽힌다.

김유림의 祕機

　나는 김유림의 고향을 염두에 두고자 한다. 김유림은 가
지를 굽고 카레를 먹는다. 가지를 카레에 적셔서 먹거나 카
레를 먹고 가지를 먹는다. 쓰고 남은 당근과 양파와 카레
가루를 가방에 넣고 그는 말라가로 떠난다. 석조 건물만을
생각하는데 그건 베를린에 있다. 어쩌면 드레스덴에? 나는
개의치 않고 오로지 꿈에만 집중했다.

　한 인간이 등장한다.

　나는 김유림의 고향을 염두에 두고자 한다. 김유림은 가
지를 굽고 카레를 먹는다. 가지를 카레에 적셔서 먹거나 카
레를 먹고 가지를 먹는다. 쓰고 남은 당근과 양파와 카레
가루를 가방에 넣고 그는 말라가로 떠난다. 석조 건물만을
생각하는데 그건 베를린에 있다. 어쩌면 드레스덴에? 나는
개의치 않고 오로지 꿈에만 집중한다. 나야말로 한때 김유
림을 사랑했던 사람으로서 먼 곳에서도 혼란을 느끼는 능
력을 가지고 있다고 쓴다. 김유림이라면 이런 것을 썼을 거
야. 김유림을 사랑하던 한 인간은 쓴다.
　나는 개의치 않고 오로지 꿈에만 집중한다.

나는 그저 차를 마시고 설거지를 하고 꽃밭을 거니는 돼지고요. 김유림은 이 장면을 듣더니 설핏 웃는데 그것으로 나와 우리는 만족하고 말았다. 한국에서 태어난 김유림은 한국에서 깨어나 가방을 메고 꽃나무가 있는 종암동의 길을 걷는다. 길을 걷다가 도서관으로 들어간다. 도서관에는 책이 있다. 책에는 책과 의자가 있다. 책에는 사람이 있다. 나야말로 한때 김유림을 사랑했던 사람으로서 믿음과 소망과 사랑이 있다. 나는 자살한다.

김유림은 읽는다.

그럴 때에만 우리가 꿈으로의 길을 열어줄 수 있다.

도서관

도서관으로 가는 길에 비둘기 보았다.
도서관으로 가는 길은 도서관으로 가지만은 않는다.

도서관으로 가려고 하면 도서관으로 가겠지만 꼭 그렇지
만도 않겠다.

화분에 꽃나무 하나 심겨 있고 꽃은 있었다. 꽃은 사라지
고 꽃은 사라져서 헐벗은 꽃나무 하나 있고 어느 날엔 비둘
기가 있었다. 썩은 꽃잎이 있었다. 어느 날엔 비둘기도 사라
지고 꽃도 사라져서 여전히 나무가 있네? 김유림이 도서관
으로 가는 길에는 코인 세탁소가 있다. 텅 빈 코인 세탁소
가 있다. 텅 빈 서늘한 코인 세탁소를 뒤로하고 대로로 가
는 길에는 모범택시가 있다. 자전거 수리소가 돼지고기집
이 편의점이 있다.

길을 따라가는 길이다.

죽은 비둘기 사라지고 죽은 꽃잎 사라지고 꽃은 사라져
서 여름이다. 여행을 갈 수도 있다. 나라면 김유림이 가고

싶어 하는 곳으로 갈 수도 있고 가지 않을 수도 있다. 그래도 즐거울 것이다.

까치가 까치를 바라보며 부리를 벌린다. 까치가 까치를 부른다.

까치가 날아가도 까치가 있다. 까치는 걸었고 까치는 있었다. 이 풀밭에는 두 마리 새와 다섯 명의 사람이 있다. 까치가 날아오르려 한다. 기류를 타고 날아오르려 한다.
풀밭에서 풀밭에서 무언가를 찾는다.

새를 마음에 두거나 마음에 두지 않더라도 나는 거의 다 왔다.

도서관

그러나 나는 믿지 않는다.
나는?
김유림은 생각한다. (나는 믿지 않는다고.)
김유림은 物병을 들어 옮긴다. 그것은 가볍고 단단하고
대체 가능하다.

젊었을 때는 무언가에 씌인 눈빛으로
나의 의심을 의심한다.

우리가 장미나무를

장미나무는 없지만 장미나무를 중심으로 말할 수 있을 것이다. 장미나무가 말하길 여기 푸른 언덕이 있다. 여기 푸른 언덕이 있고 나는 숨어 있다.

나는 늙은 사람은 지나가고 늙은 사람은 허리춤에 오래된 소형 라디오를 차고 있다고 말한다. 노래가 크게 울려 퍼지고 사람들은 개의치 않는다고 말한다. 카페의 문턱에는 크고 작은 화분이 놓여 있고 그 너머로 도로가 이어진다. 도로가 이어지고 언덕이 이어진다. 종암동에 와본 적이 있는 사람이라면 방법을 알 것이다.

또 무엇이 있을까. 나는 테라스에 커다란 나무 그림자를 드리우는 주택 하나를 알고 있다. 굳게 닫힌 대문은 굳게 닫힌 대문을 중심으로 서 있다. 굳게 닫힌 대문과 대문의 양편으로 뻗어나가는 담장은 너무 거대하지만 그러나 나는 본다. 나는 누구일까. 나는 궁금해하고 나의 주인을 궁금해한다. 담장이 드디어 말하길 저기 책방이 있다. 책방이 책방이었던 시절을 기억하지 못하고 사람이 사람이 아니었던 시절의 흙을 기억하지 못한다. 녹슨 조각상이 발굴되었다.

나는 말하길 기다란 도구를 들어 그것을 부드럽게 털어낸
다. (그것은 내가 돌아갈 길이었다. 그것은 내가 돌아갈 길
이라기엔 너무 좁았다.)

　원하기만 한다면 나는 나의 모습을 거울에 비추어 볼 수
도 있었다.

긴 언덕을 오르기

그 사람의 외투는 참으로 멋졌다. 그러나 추운 겨울이다.

나는 소식을 잊고 새는 날았다. 새는 작았다. 새는 다가와
자기 자신을 실제와 가깝게 키울 수 있었다. 그러나
　그것은 작고 자유롭고 사실이었다.

솟아오르는 연기도 사실이었고 나는 본다. 연기는 회색
이지만 그 자신의 윤곽을 끝까지 그리지는 않는다. 종국에
는 그것에 (좌우되는) 상앗빛 건물을 따라가며 언덕을 마
저 오를 수 있었다. 만질 수 없는 보물에 눈이 먼 사공처럼
끌어당겼다. 전속력으로 나는, 정상에 이르고, 손차양의 도
움을 받아, 굴뚝의 정확한 모양을 확인할 수도 있었다. 그것
은 낡고 평범할 것이었다. 그러나

바람이 바람에 날리고
잎사귀가 잎사귀를 때린다.

나는 소스라치게 놀라 얼굴을 들었다. 날이 저물고 있었다.

내가 쓰고 있는 글은 어떻게 됐을까? 나는 물건을 꺼내어 질문을 읽었다. 목이 마르고 바람이 불었다. 바람이 바람에 날아가면서 낙엽을 쓸어갔다.

문제는 언덕의 정상이 정확하지 않다는 사실이다. 유림이 사실을 안다는 사실이다. 나는 썼다. 나는 쓰고 유림은 말했다. 내 친구가 되어준다면 내가 언덕의 시작에 손수 문을 달고 사건의 四方을 확실히 했을 것이다. 사건의 경위는 그로 인해 언덕 오르기가 하나 이상의 사건일 수 있음을 분명히 알게 될 것이었다.

이런 방법을 알려주지는 않았지만 이런 방법을 시도해봤으리라 생각한다.

인터뷰의 길

건물을 보다가 건물의 앞면으로 가보았다.
앞면이 앞면이라는 건 알 수 있다.

문이 매달려 있다.

건물을 보다가 건물의 앞면으로 가보았다. 앞면이 앞면
이라는 건 알 수 있다. 아닌 게 아니라 뒷면에 문이 있다. 문
이 매달려 있다. 그것에겐 차갑고 평범한 소질이 있다. 그것
에겐 동일한 (균질한?) 소질이 있다. 나에겐?

나에겐 생각이 있다. 나에겐 강변을 걷다가 언덕을 보았
던 기억이 있다. (언덕이 강변의 일부였기 때문이다. 혹은
강변이 언덕이었기 때문이다. 그러나) 이젠 정말 손잡이가
필요하다.

*

보아야 할 것을 본다.

페르난두 페소아는 심한 근시였고 유림은 페소아가 아니
지만 심한 근시다.

비밀의 문

(요가 수도자의 문은 평범했다.) 문을 특별 취급 하기 위해 문을 엮어내려고 노력했다.

그가 내게 요가도 하고 타로점도 치는 요가 수도자의 작업 공간을 소개해주었을 때, 나는 이미 무언가를 보고 말았다. 그래서 문은 남달라야 했으며 기억에 남아야만 했고 계시여야 했는데…… (그가 무언가를 벌이는 동안 반복해서) 나는 들어서야만 했다.

나는 이렇게 중얼거렸다.

괜찮네요. 欌이 곧 사방으로 치닫는다.

비밀의 문

"우리는 쓰던 걸 멈추고 고개를 들었다."

김유림은 안암동 로터리를 이해하지 못하면서
안암동 로터리를 벗어난다. 비가 오려는지 하늘이 흐리
고 무거웠다.

윤곽이 생겨난 이야기

이것이 돌을 둘러싼 돌들의 이야기다. 그러나 돌들은
이것이 이야기가 아니라 혼선이라고 생각할 수도 있다.

연못을 장식하는 크고 작은 윤곽이다.

여기서부터 출발한다.

사람과 함께 걸으면서 하얀 꽃을 기억해내거나 하얀 꽃
을 기억해내고 사람으로부터 멀어진다. 나는 내가 아니더
라도 풍경의 소속이었으며 그리하여 광장에서 멀어지고 있
었다. 세인트루이스 광장 묘지가 있는 언덕을 오르거나 언
덕이 있는 無名氏를 오르면서 주인공으로서의 균형을 잡는
다. 이것은 알맞게도 여행 이야기다.

그러나 연못은 작고 아담하다. 연못은 연못의 언덕과 이
어진다. 언덕과 이어진다면 山으로 이어지고 말은 끊긴다.

나는 내가 아니기를 그치고, 사람에게 업혔다.

윤곽이 생겨난 이야기

이런 접근은 충분히 준비가 되지 않았을 때 발생한다. 그는 앞으로 갔다가 군중에 섞이게 되었지만 뒤로 갔더니 군중이 아니게 되지는 않았다. 대체 무슨 일이야? 짜증을 내어도 생긴 일이 생긴 일에서 생기지 않은 일이 되지는 않는다. 그에게 오늘은 선명했다. 해가 뜨고 새가 날아서 새가 날아가니까.

동물원은 빛이 바랜 것처럼 느껴지지만
동물원은 동물원이었다.

에…… 이 돌로 말할 것 같으면

손에 들린 돌이 이상한 빛을 내는 걸 본다. 빛은 돌에 붙어 있지 않고도 돌과 하나지만 돌과 하나인 것만도 아니다. 그는 시선에 따라 동행하는 표면을 읽는다는 둥의 헛소리를 안내인에게서 전해 듣는다. 누구에게서?

사람들은 웃고 떠들고 연못 구경을 끝내고
집으로 간다. 한 달 전에

돌은 거칠고 암석이었다. 그러니까 돌은 돌이고 암석이었고 이끼도 조금 있을 법한 녹눅한 표면이었다. 또 말하고 싶다. 돌은 다른 돌과 구분되지 않아서 더더욱 사랑스러웠다고. 그가 지어내는 돌과 새와 귀갓길 이야기는 참말 멋지다. 나는 오래도록 그의 친구이고 싶다. 괜찮다면? 나의 눈빛을 건물의 표면에서도 읽어낼 수 있는 건 간판이 매끈하기 때문이고 간판을 지나가며 나와 그가 안심하기 때문이다. 안심 속에서 특이하고 쓸모없는 관찰이 피어났다.

정다운 혼선에 덧붙여
즐거움게

작별을 고했으나 곧바로 밖이었다. 거리를 되짚으며 잃어버린 물건을 찾아다니면 돌이나 돌의 표면에 가까워서 지금에 와서도 만질 수 있다.

아주 화가 났지만 괜찮았다

그건 내 꿈이었고 나는 나의 꿈으로 손을 집어넣었다.

아주 화가 났지만 괜찮았다

그건 내 꿈이었고 나는 나의 꿈으로 손을 집어넣었다.

그것은 내부와 어울린다. 그것은 그것의 내부와 대내외적으로 어울린다. 아무것도 말해주지 않았다는 사실에 나는 아주 화가 났지만 괜찮았다.

그건 내 꿈이었고 나는 나의 꿈으로 그것을 밀어넣었다. 색색이 면면이 아름다운 그것이란 그것은 모서리가 네 개씩이다. 창문도 그렇고 창문의 틀도 그렇다. 그 위를 딛고 올라선 액자도 그렇다. 그 위를 딛고 올라선 하얀색 몰딩도 그렇다.

"한때 나는 나에게서 벗어날 수 있으리란 확신이 있었다."

(그러나) 우리는 우리라는 틀이었고
우리는 우리에게 아주 화가 났지만 괜찮았다.

색색의 플란넬 조각이 엮이어 만들어진 사방의 조화로운 펄럭임. 빛을 투과시켜 여명을 새롭게 읽어내게 만들었다. 가까이 다가가보면 표면이 징그럽게 얽혀 있고 어릴 적 송

곳으로 쑤시던 빨간 플라스틱 바구니를 떠오르게 한다. 하지만 왜인지 우아하다. 하지만…… 왜인지 아름답다. 나는 마무리가 덜 된 끝자락을 만져본다. 끝자락만이 현실과의 유일한 연결점이라고 생각해서 안간힘을 쓴다.

안 돼요, 그것은 종이를 뚫고 나온다. 그것은 그것의 소름 끼치는 날카로움을 글로 써서 남긴다.

(그러나) 그것은 내 꿈이었고 내 글이었다.

그것은 전국적으로 유행한다.
그것은 전국적으로 상처를 남긴다.

우리가 지나온 길

우리가 지나온 길에 대해 묘사하려면 너무 많은 시간이 걸릴 것이다. 그러나 나는 말할 수 있다. 물소리가 들렸다고. 그것은 내게만 들렸다고. 물소리는 아니야 아니야 말할 것이다. 말을 할 수 있다면. 흰 저수조를 내가 이미 안다면. 놀라울 일이 아니다. 그러나

햇빛은 그대로였고
나무도 그대로였다

우리가 지나온 길은

대리석 난간과 면하고 있었고 대리석 난간과 나무들을 가두고 있었다.
나무들은 나무들을 에워싸고 있다.

그래서 연인이라면 그곳에서 키스를 한다.

내 말에 귀 기울이던 동행은 놀란다. 그가 생각하기에 나는 이제 마술사다. 그러나 내가 말한 공터는 여기에 있고

내가 말한 나무들이 여기에 있으며 나무들을 비집고 선 거
대한 흰 저수조가 여기에 있는데. 고개를 들어야 할 차례이
지만 사람은 결과를 두려워한다. 그렇다면 나는 이 장막을
내려 입을 부드럽게 막을 것이다.

완이 생각에는 주술이 이렇다

언덕에서 내려와

언덕에서 천천히
언덕에서 빠르게

언덕에서 내려온다. 우리는
언덕에서 내려오는 사람들을 보는 사람들

강아지풀이 흔들리는걸. 강아지풀이
흔들리는 걸 미워하는 사람들.
흔들리는 걸 사랑하는 사람들…….

　유림은 쓰고 있는 책은 어떻게 되어가냐고 묻는다. 유림
의 동행자는 대답은 없지만 표정은 풍부하다. 유림의 동행
자의 동행자는 애꿎은 잡초를 뽑고 있다. 그러나 잡초는 잘
뽑히지 않고 단지 뜯긴다. 사람들은 올라가거나 내려가다
말고 계단과 그늘에 멈춰 서서 한강을 바라본다. 동행자와
동행자는 비밀스러운 눈빛을 주고받는데 유림은 거기 의미
를 부여하고 싶지 않다. 바람에 바람이 날리고 나무에 나무

가 날린다. 잎사귀는 잎사귀를 때리고 바람은 바람을 때린다. 머리카락은 머리카락을……

혹은 유림은 혼자 걷고 있다. 해가 내리쬐는 여름날이다. 유림의 동행자였던 사람이 혼자 걷고 있다. 유림의 동행자였던 사람의 동행자였던 사람도 걷다 보니 기억이 난다. 그는 공기를 채운 여름의 열기. 그는 멀어지는 강아지의 꼬리. 그는 문득 생각한다. 그날 좋았지. 유림은 땀을 훔치고 고개를 들어 굴뚝이 있는 아이보리색 건물을 본다.

망원에 가기 위해 전철역으로 간다. 전철역으로 내려간다.

도약이 잘 이루어지지 않는다. 그는 쓴다. 사물이 거부하고 사람이 거부하고 힘이 거부하는 동시에 길이 열리고 그는 쓴다. 나는 쓰다가 말고 고개를 들어 상수리나무의 잎사귀를 관찰하는 산림청 직원을 보았다. 그는 나무에게서 무엇인가를 보았고 색 끈을 하나 꺼낸다. 색 끈으로 나무의 허리 즈음을 조인다. 그러나 나무는 한참 자랐다. 한참 자라서 사람의 키를 추월하고도 남았다. 사람은 자신의 머리가 닿는 높이에 색 끈을 묶지만 나무의 허리에는 한참 못 미치는 것이다. 그런 것을 썼을 거야. 유림은 생각하고 유림이 생각한 걸 쓰던 나는 고개를 들어 카페 유리창 너머로 지나가는 노인의 복장을 본다. 가족도 지나간다. 나의 가족은 말고. 가족은 가족이라는 게 중요하다.

그 새가 중요한 게 아니야

나는 창문을 열고 바깥으로 몸을 기울이다가 몸을 잃어
버리고 만다. 그것은 어디로 갔을까? 그것은 여전히 생각을
할 수 있고 여기에 있는 듯하다. 큰 창문이 들여다보이는
정원을 서서히 가로지르다가 나는 문제를 잊어버린다. 혹
시나 해서 말하는 건데 물이 끓고 있어, 애인이 소리 내어
알려주고 나는 조금 놀라지만 놀라지 않을 수도 있다. 물이
끓고 물을 붓고 커피를 마시고 젖은 머리는 말라가면서 향
기롭다. 이슬도 있지만 마른 잎도 있고 꿈에서 본 새도 있
다. 꿈에서 본 새는 아주 닮았지만 아주 닮아서 바로 그 새
였다.

영향과 영향과의 관계

　마음의 텃밭이 있다면 마음의 텃밭은 실제의 텃밭과 닮았을 것이다 그래서 자주 듣고 싶은 이야기가 되어가며 그런 이야기는 어떤 모양일까 궁금해지는 것이다 클까 아무리 클까 아무리 커도 듣고 싶은 이야기이기 때문에 듣고 싶은 사람의 머릿속에는 잘 들어가 있다.

　흰 벽을 마주하고 용도를 알 수 없는 이층 주택을 바라보며 담배를 피우는 사람들. 흰 벽을 마주하고 담배를 피우는 사람들. 담배를 피우는 사람들은 사람들과 언덕을 내려갈 것이다. 나는 용도를 알 수 없는 이층 주택 발코니에서 사람 하나를 발견한다. 이
　둥근 물체를 통해서

"그는 엉망이고 서 있다."

　음양을 알 수 없다는 게 중요하지
　햇살은 속삭이고
　식물은 들을 것이다

골목골목 몸을 틀면 언덕이 언덕을 따라 기울어지듯 서
있는 주택들이 주택들을 따라 옹기종기 있을 것이다. 해를
받거나 해를 받지 않고 주택이 주택을 따라간다. 내가 나를
따라가고 해가 해를 따라간다. 이 건물의 이층은 언덕에서
보면 일층이다. 일층이 아닌 이층에는 발코니가 있어 화분
들이 무성하고 사정을 알 수 없다. 사람들은 나와

　사람들을 만나거나 그래도 만나지 못하면
　사람들은 나와 걷는다 걸으면서

　만나지 못하거나 만날 수 있지만 만나지 않기로 했었다
생각하면서 언덕을 걷다가 언덕의 반대가 있다면 그곳으로
사라진다. 나는 언덕이 사라져 언덕의 절벽이 되는 걸 발견
했다고 쓴다. 거기서

　약해진 사방으로 가지 뻗을 외톨이 나무 木
　하나 있고 無名氏는 없지만 장미주택이 나타날 것만 같
은 것.
　그러나 외톨이 나무는 만개한 진분홍 꽃으로 자족하고

장미주택과는 관련이 없다. 나는 알면서도 생각하는 마음
에 대해 생각하지 않고

　내려가야 할 길을 내려가

　흰 용도를 알 수 없는 이층 주택이 가까워지면 강남의 건
물로 들어간다. 내가 온 걸 모르는 이들이 문밖으로 나오지
않은 것입니다.
　상자는 온화한 표정으로 말한다.

사람들은 혼돈에 빠져 있었다

사람들은 혼돈에 빠져 있었지만 아주 너그러웠다. 아주 너그러웠던 사람들은 오래된 카페에 앉아 있지만 나는 나의 동행자와 앉아 있지. 나는 그곳으로 가고 싶다.

사람들은 혼돈에 빠져 있었지만 아주 너그러웠다. 아주 너그러웠던 사람들은 오래된 카페에 앉아 있지만 나는 나를 건너뛰고 싶다.

양은 열 마리가 넘었다. 양은 (주의 깊게 살펴보면) 목장의 윤곽을 가로지르는 덤불의 윤곽을 가로지르며 이동하고 있었다. 유림은 물어보면서, 유림은 왜 여기 있을까 물어보면서 보기에 알맞은 장소를 장소가 찾았다고 생각한다. "장소는 장소에게 다가와 경치를 열었다. 경치를 열었고 보기를 요구했다." 생각을 하면서 그는 전동 킥보드를 본다. 전동 킥보드는 보라색이고 전동 킥보드는 인간과 유사한 방식으로 신음한다. "인간과 유사한 형태의 로봇이 있다면 이렇게 말한다. 무슨 소리야, 동행자는 말이 없고 말이 없어서 유림은 괴롭다."

동행자와 걸으며
과거의 동행자를 생각한다.

또 다른 경우엔 슬기를 생각하고 슬기가 쓰는 소설을 생각한다. 태림은 이렇게 말할 것이다. 슬기는 슬기가 쓰는 소설 속의 인물을 동행자에게서 볼 것이다. 책장을 바라보고 그러나 책장은 거짓이다. 플라스틱으로 만든 책등 모형이거나 모형 책등이다. 플라스틱 책등 모형은 다양하게 채색된 채로 이 카페의 일부를 이룬다.

잘못된 거리. 잘못된 거리에는 새로운 상점들이 가득했다.

김유림은 새로운 인간을 만나게 된 혼란과 불편을 이렇게 표현했다. 나는 어떻게 해야 할까? 내가 가진 글자와 내가 가진 인상을 조합해 여러분에게 남긴다.

사람들은 대체로 혼돈에 빠져 있었다

"로터리는 두 개였다. 하나는 크고 하나는 작다. 하나는 커서 한눈에 보이지 않는다. 하나는 작아서 웬만해선 한눈에 보이며 그러나 사람들은 지나친다."

"문제는 초록이다. 나는 생각한다. 작은 나무 한 그루를 둘러싸고 연잎을 닮은 식물들의 군락이 원형을 이룬다. 잎이 뒤집히면 대개 흰색에 가까운 초록을 띤다. 유림은 생각을 해야 하고 그래서 저걸 보라고 말한다. 나는 황급히 고개를 들어 저걸 보아야 하며 무엇이든 내뱉어야 한다."

"돌아갈 수 없는 길."

"그는 말을 하거나 말을 하지 않고 그 사실은 언제나 중요했다. 휘파람을 부는 갈대 같은 것. 불현듯 떠오르는 대로 도착한 골목에 일전에 방문했던 카페가 있고 그 사실을 알아채는 건 언제나 유림이다."

그 카페로

다시 돌아와 나는 장미주택에 대한 생각은
놓아버렸다

나무와 나무가 멀어 보인다

떨어지는 잎
떨어지는 잎을 휘 말아
올리는 바람 에 흔들리는 줄기는
오늘의 주제이고 오늘의 배경을 이루는 건물에게서 누군
가는

장미주택을 떠올리고
저를 탓하네

문이 열리면 카페 내부로 바람이 들어오고 그것도 대체
로 끝이다.

"동행자는 실존적 위기에 처해 있어 당분간 움직이지 않
는다." 나는 허리를 길게 늘여 반만 앉아 있는데 보기와 달
리 꽤 어려운 자세다.

갑작스러운 산책

당신이 (검은 털옷을 입고) 도울 수도 있다.

미술관의 기억

나는 기둥을 사랑한다. 그리고 뒷면도. 그리고 뒷면이 아니라 벽면도 그러니까 뒷면이 아니라 벽면이 벽면과 이어지면서 미술관의 회칠한 벽이 되어버린 것도. 아쉽지만 작별할 시간이었다. 잡역부가 인사를 하듯이 팔을 흔드는 걸 보았다. 그는 그러나 나와 아는 사이가 아니었고 새를 닮았다.

미술관의 기억

나는 다시 기둥으로 돌아간다. 기둥에는 평범한 면이 있었다. 평범한 면을 벽과 나누어 가지고 있었다. 벽은 벽이란 걸 잊어버리게도 만든다.

둥근 물체를 통해서
벽이다. 네모난 투명의 물체를 통해서 벽이다.

그는 엉망이고 서 있다.

작은 잿빛 초록의 문 열리고 등장해 안경을 고쳐 쓰고는 손을 비빈다. 작업복 양어깨로 내리쬐는 陽光으로부터 이어질 말들을 기대하지만 문은 문이 그리는 그림자의 반경 내부에 머무를 뿐이다. 그가 보기에도 내가 보기에도 지금은 오후 4시다.

자기만의 방

내가 바라는 것은 과정이었다.

과정이었다는 사실에 잠시 위축되었지만 그것은 커지고 있었다. 그것은 자라나고 있었다.

욕조가 있다고 해도 이 과정을 전부 담을 수 없을 것이다.

이런 이유 때문이었다.

시원한 셔츠가 가두고 있는 것이 영원이나 영혼이 아닌 부드러운 가슴뿐이라면 세상이 덜 답답하게 느껴졌을 것이다.

나는 정확히 두 단계를 거쳐 생각에 도달했다.

그리고 그날 밤 두 단계를 다시는 거슬러 올라가지 못했다.

이미 사람들이 하나둘씩 방으로 돌아가고 있었기 때문이다.

계단으로? 엘리베이터로?

호텔 방은 이층 높이였다.

말해봤자 소용없는 일들이 부드러운 태세로 시간 공격에 임했다. 어떻게 시간이 건너뛴 걸까? 그것은 언제나 공격을 피해갔으며 아주 희미한 행복감만을 남겼다.

다음 날 눈알이 아름답다. 아주 아름답다.

파리와 도미

내가 어떻게 해서 파리를 도미와 연관시키게 되었는지는
잘 모른다.

파리는 산 채로 발견되었다. (그것은 이미 방을 샅샅이
탐험하고 난 뒤에 사람에게 발견되기 때문이다.) 여전히 이
표현을 사용할 수 있다면,

나는 모험을 감행했다.

나는 탐욕스럽게 돌아다니면서 이미 방의 주인이다. 방
의 주인보다 더 주인인 까닭은, 내가 책장이나 냉장고의 뒤
편을 살피고 돌아오기 때문이다.
시간을 거스르지
못하지
시간을 뒤로하고
문을 두드리지 못한다.

에티켓이 없기 때문이 아니다.

창작의 시간이 파리의 시간으로 인해 방해를 받았다고

믿기 때문일까?

나는 연구해보기로 했다.

어떻게 해서 집으로 돌아왔는지 기억이 나지 않는다.

상상력을 동원해서 구멍을 뚫었다.

....

......

파리가 나갈 만한 구멍

파리도 나를 보고 나도 파리를 보고? 나는 웃기게 생긴 조잡한 장치가 뱅글뱅글 돌아가며 생선에 매혹된 파리 떼를 쫓아내는 걸 보았다. "보는 것과 관찰하는 것, 발견하는 것과 탐험하는 것, 그대로 두는 것과 이야기를 만들어내는 것 등을 생각하다 보면, 나는 화가 나고 귀찮고 무엇보다 파리가 싫다. 이 시도 싫다. 파리라는 단어가 대체 몇 번이나 나타나 이 글을 어지럽히고 비웃고 날아다니는지, 지금도!" 그렇지만 아돌포 비오이 카사레스가 파리와 거미를

주연으로 삼아 소설을 쓰고는 사라졌기 때문에 나는 죽음
이라는 현실을 받아들여야만 한다.

묘지는 묘지라는 것

이것은 묘지라는 것. 이것은 묘지라는 것이오.
나는 말하지 않고 나무를 가리키는 듯했다. 그러나 나무
는 나무가 아니라 부서진 墓石이었다.

읽고 싶었으나 읽을 수가 없다.

묘石은 묘석이었고,
나는 나에게 쓰이고 싶었다.
왜냐하면 할 말이 없기 때문에. 왜냐하면 할 말이 없는 꿈
이었기 때문에, 기울어진 나무를 찾아보았다. 기울어진 나
무에서 기울어진 나무로, 유림은 생각하고 생각에서 생각
으로, 생각을 써 내려간다고 유림은 믿는다.

"다리 밑 불빛이라는 건, 다리 밑 불빛이 아니라
다리 밑으로 흐르는 강물에 일렁이는 불빛의 반영이다."

총알.

자전거가 지나가고 사람에 매인 강아지가 지나간다. 새

로운 챕터가 시작되고 나는 생각한다. 생각은 생각으로 떠
내려간다. "생각의 반향으로서의 말이 떠오른 건 아주 먼
미래의 일이다."

집으로 나가는 길

언덕으로 가는 길에 집으로 나가는 길을 보았다. 그것은
얌전하고 그대로였다. 바게트를 사야 해서 바게트에게로
가다가 언덕에게로 가고 또 그러다가 잠이 깬다. "언젠가
말했듯이 이것이 내가 돌아가지 못하게 된 이유다." 인간은
물을 끓여 탁자 위 컵에 붓는다. 이것은 "보리차 냄새." 나
는 깨닫고, 나는 최선을 다해 주위를 살펴보아야 한다. 인간
인 것 같고, 인간이 주는 마지막 호의인 것 같은 담요에서
부스러기를 본다. "제기랄," 부스러기는 꿈으로 흩어지는
중이었고 나는 나에게 희미했던 구수함이 진해진 걸 깨닫
는다. "완전히 깨어난 것이다."

얼기설기는 가지 않은 꿈

거기서 거북은 나타났다. 거북은 카프카의 집에서 서성이고 있었으나 복도는 복도로 끝나지 않고 길로 변환되고 있었습니다.

길가가 촉촉해지고 자동나무가 쑥쑥 자라날 것이었습니다. 자동나무는 오래되었습니다. 상상할 수 없을 정도로 그러나 상상할 수 없는 시간을
우리는 봅니다.

우리입니다. 우리는 거북으로
거북으로 다가가지만
거북은 커지지 않는다.

가까워지며 커지지 않는다.

뭉개진 그림이 아니라 그림이 있는 현실이다.
그림은 그림을 그리지 않아도 그림이다.

거북은 봅니다.

거북은 배딱지와 등딱지 사이에 책을 가득 쌓아 올린 채 태어났습니다. 두 눈은 크고 귀엽고 걸을 때마다 쌓아 올린 책의 더미가 쏟아질 듯. 그러나 쏟아지지 않는 듯. 그리고 그런 일은 거북의 앞길엔 포함되지 않는 듯.

그렇게 거북이 나타났지요?

가로수길 틈새로

누워서 나는
누워서 보고 있었다.

별안간 말이 튀어나왔다. 그랬어,
그랬어 커북이.
커북이
거북을 잊을 수가 없다.
거북은 장미주택과도 장미주택의 내부와도 연관이 없다.

거북은 어느 날엔기 엄지손톱만 한 개구리를 먹고

나와 만났었다. 천변에서 천변으로 향하고 있었다. 바퀴가 지나가고 있었다. 버스가 지나가고 있었다.

그리고 돌아와 침대에는

그리고 돌아와
돌아온다면

침대는……

김유림은 고민을 끝내고 책상을 들입니다. 비좁더라도 책상은 필수이기 때문입니다. 작가에게 책상은 필수이기 때문입니다. 여기 여러 권의 책이 쌓여 있거나 흐트러져 있고 의자는 두 개네요. 회전의자와 내구성이 좋지 않은 스툴이네요. 가끔은 손님을 들이고 고민을 합니다. 어제 꾼 꿈

어제 꾼 꿈처럼 생생한 거북, 그러나
대작가의 신작 소설에 등장하고 마는 거북을 읽고

물이 끓는 동안

상념에 잠깁니다.

존나 큰 고양이

믿고 싶지 않아서 존나 큰 고양이.

미의 정점에 대해 이야기하다가 김유림 씨는 종암동의
골목에서 부스럭거리는 소리를 듣는다 미의 정점이란 다른
게 아니라 오늘 본 얼굴로 오늘 본 얼굴은 김유림 씨의 얼
굴밖에 없다 너의 얼굴을 보았지만 너의 얼굴을 보지 않은
거나 마찬가지로 김유림 씨의 얼굴은

김유림 씨에게 오늘은 중요하다. 왜냐하면
그럭저럭 좋아지고 있기 때문이다.

누군가가 실수로 머리를 치고 그러나 그건 나쁜 일인가
나쁜 일인가 좋은 일인가

아무것도 아니고 나쁘지도 좋지도 않은가 사람이 지나가
다 머리를 치면 대개는 기분이 나쁘지만 기분이 나빠지지
않기도 한다 아는 사람이 그래도 기분이 나쁘고 모르는 사
람이 그래도 기분이 나쁘지만 그렇지 않기도 해 그래서

머리를 실수로 치는 일은
있었다. 그럭저럭 좋아지는 도중에

머리를 간절기 외투로 (어쩌면 무거운 가방으로) 가격당한 김유림 씨는 괜찮다 이만해도 괜찮다 생각한다. 존나 큰 고양이를 만난 것은 이후의 일이다. 존나 큰 고양이는 카페의 뒤편에서

비닐을 헤집고 있었다 무언가를 넣으려고

사람이랑 말하고 있던 김유림 씨는 들으면서도 믿고 싶지 않고 보면서도 믿고 싶지 않아 계속 말한다 나의 미의 정점은 오늘 형체를 돌아보며 정점을 번복하고 기억나는 대로 이어 붙이면서 나의 미의 정점은 또 뭐더라 그런 일이 있었어가 된다 사람이

존나 큰 고양이 같았지만 고양이가 아닌 존나 큰 검은 외투를 입고 지나간다.
사람이었던 사람은 다시 카페로 들어가

우리도 (여전히 사람이었던 사람으로)

카페에 들어간다. 무엇일까 손을 드는 기분으로 발을 드
는 고양이

그럴 땐 존나 커야만 하는 고양이 존나 큰 고양이

픽

갑자기 이 글을 쓰는 게 내

그거에 중요해. 할 말을 하는 것도 분량을 맞추는 것도 중
요해. 나는 미의 정점과 무관하게 화가 나고 집에 가고 싶
다. 집에 가고 싶은 마음과 집에 가고 싶은 마음이 집을 화
나게 한다는 사실과 그래서 집주인이 기분이 나빠지는 현
상과 기분이라는 게 좋은 것은 옳은가 그른가 좋은가 나쁜
가 그러나

그러나

머리를 가격당하는 건 아무것도 아니라서 아무것도 아
닌 일

존나 큰 고양이에게 머리를 가격당해도 아무것도 아닌 일

은 정말 정말 귀여운 아무것도 아닌 일.

그 영화에서 보고 만 것

떨어지는 언덕 아니 떨어지는 절벽을 보면서 멀어지는 사람은 황토가 가깝다가 멀어지면서 여전히 황토인 걸 보고 있다 그 영화에서 내가 보고 만 것은 그런 것 그리고 기억나는 것 곰곰이 생각하는 사람을 본 적은 없다 다들 바빠 돌아다니다가 유럽의 어느 도시에나 있을 법한 광장에서 멈춘다 볼만한 게 있어서가 아니라 일을 하고 있기 때문

사람들이 사람들을 둘러싸고 사람은 가까이 다가가 영화를 만드는 사람들의 일부가 된다 광장은 어둡고 그렇게 저녁이다 무슨 일인가 영화에서 일어나는구나 사람은 조금 멀어져 사람이 된다 보이지 않지만 무슨 일인가 벌어지는 저녁에 광장 영화를 만드는 사람들이 있고 사람은

뒤로 멀어지면서 작은 골목의 입구에 서 있기로 한다 그곳은 애매한 곳 영화가 만들어지는 과정이 한눈에 들어오지만 들어가지는 못하는 곳 내가 듣기론 여기서 참새가 걸어간다 참새가 걸어가다니 참새는 걷지 않는다 참새는 사람의 생각과 다르게 걷는다는 걸 모르고 어떻게든 가긴 가는데 걷는 건 아님

그러나 참새를 보는 건 중요하고 보고 나서 참새가 걸었다고 말하는 것도 어쩔 수 없는 일이긴 하다 사람은 골목 어귀에 서서 어디로 갈지 모르고 그래서 거기 있는다 난 테이블이 보이고 테이블에 어울리는 의자가 보인다고 말하고 싶다 네 쌍이 어지럽게 있어야지 그리고 있는 카페 있는 카페의 구석 조금

시야각이 넓은 나는 보았다 사람이 되는 사람이나 사람이 안 되는 사람 여전히 별로 관심이 없거나 연관이 없는 그런 일들이 자꾸 어지럽게 만드는 걸 그날엔 흑염소나 오리 이야기를 들었고 그건 이전에도 들었던 이야기였지만 다시 들으면 달라질 거라는 걸 알고서 듣는 그런 종류의 이야기였다 더 말하고 싶은 건

크루아상이었다 맥줏집에 앉아서

카페가 보이니 생각나는 그 영화에서 내가 본 카페의 구석은 아주 조금 나왔고 그 앞을 참새가 종종 지나갔는데요

카메라는 참새를 따라서 움직이지는 않았고 그러나 확대했
다 커지는 참새 커지는 그것의 뒤편으로 서 있을 카페가 그
리워

　어지러운 카페 어지러운 카페 들어가는 방법은 여러 가
지 의자를 옮기거나 의자를 옮기지 않고 사람이 움직인다
그런 방식으로 등진 것들을 보는

　영화에서 그러나 등진 것 그린
　것 대충 그리운 것

로터리에서 보고 만 것

쑥대낭이 자라난 언덕과 평원을 보고 언덕과 평원을 비켜난 돌아가는 길 얼마나 푸르렀는지 그러나 푸르른 뒤에 더 푸르른이 있고 다른 푸르른이 있어서 만들어지는 모양을 육지 사람들이 좋아한다 푸르고 더 푸르고가 아니라 푸르고 그런데 푸르고 달리 푸르고 그런 것이다 제주의 봄에는 그리고

가을이 되면 볼 수 없는데 단풍을 단풍 때문에 육지를 그리워한다는 게 쑥대낭의

전설이다 쑥대낭은 쑥쑥 자라서 쑥대낭으로 돌담과 잘 어울리고 돌담 쌓기 장인 미장이는 사라졌다고 한다 몇몇을 빼고 그래도 몇몇만 남았을 때 사람들은 사라졌다고 한다 많이 없기 때문에 그러면 사라질 거 같기 때문에 미장이가 만든 돌담과 미장이가 만들지 않은 돌담은 마주 보고 서 있어 우리는

차를 타고 지나간다 그들을 그리고 그들이 서로 달라서 이상하다고 말하는 사람도 지나간다 차를 타고 사람들은

무밭을 지나간다 편백나무도 그러나 쑥대낭이 더 많다 그런 것 그러나 그러나 기울어진 나무를 어쨌든 나는 좋아하는 것이다 자세히 보면 돌담은 제주 시청에서 만든 것으로 제주 시청에서 골라 심은 쑥대낭이 아닌 오래된 이름 모를 나무의 주변을 에워싸고 서 있다 마을의 로터리에서 멀어지며 우리는

지나간 돌담들은
지나간 인부들은

야광 조끼를 입고 쉬는 두 명의 인부들은 길을 알고 우리도 이제 안다 돌담과 돌담 사이를 빠져나가는 길 돌아가는 길 생각보다 멀리 가야 하는 길 생각했던 바로 그곳에서 상당히 먼 길에

벽돌집도 있다 기둥도 벽돌인 벽돌집

갑작스러운 산책

나무가 있고 나무가 있는 갑작스러운 산책에서 나는 나무를 만난다. 나무는 나무로서 회칠한 벽으로 기울어져 있다. 회칠한 벽으로 물러나지 않고 넓어지지 않고 그림을 그리지 않는다. (어지럽지 않다면) 나는 사람을 버리지 않는다.

나는 일종의 사람이다.

저 풀꽃이 하얗고
바람에 휘날리기도 했다는 걸 생각해!

갑작스러운 산책

난 풀어헤쳤던 외투를 얌전히 매듭지었다. 거기에 끈이
달려 있다면 말이다.

존나 큰 고양이

믿고 싶지 않아서 존나 큰 고양이.

복수는 나의 것

그러나 낙엽은 낙엽이고 길은 길이었다. 도시 개발 계획을 지켜볼 수도 있었지만 나는 우리가 우리라는 걸 알았다. 건널목은 좁고 그대로. 변한 게 없다.

문 열기

박솔뫼

내가 홍승택을 처음 만난 것은 2014년의 일로 그때 홍승택은 물리학을 공부하는 학생이었다. 우리는 인사하고 그는 내게 소설을 주었다. 몇 년이 지나 홍승택을 다시 만났을 때 우리는 또 인사하고 한강을 따라 오래 걸었다. 그가 이번에 내게 준 것은 건축 도면이었다. 나는 둥글게 말린 그것을 손에 들고 집으로 갔다. 집으로 가 책상에 도면을 펼치고 이곳이 어떻게 생겼는지 살폈다.

나는 도면 속 장소에 갔다. 나는 거기가 어디인지 바로 알 수 있었다. 지하철에서 내려 도면 속 건물로 향했고 골목은 적당히 지저분하고 그러나 나무들과 새들이 있었다. 새가 어디서 우는 거지. 나는 그 새를 따라갔다. 새는 가던 하늘에서 방향을 틀어 내가 왔던 곳으로 날아갔다. 도면을 손에 들고 도면 속 건물 앞에 서서 계단을 올라 문을 열려는 순간 나는 다시 한번 그곳이 어디인지 알아차렸고 문을 열기도 전에 이미 그곳을 이해했다. 그 집은 내가 『고요함 동물』을 쓸 때 만든 곳이었다. 나는 그것을 내가 만든 줄 알았는데 도면을 보니 이 집은 홍승택이 만든 것이었다. 아니야 그런데 내가 만든 거야…… 그렇지만, 아니! 그런데 그게…… 나는…….

집 안에 들어서니 거실 한가운데 놓인 테이블에는 둥글고 커다란 수조가 있었다. 집은 『고요함 동물』 집이었지만 또 그곳이 아니기도 했다. 그럴 수 있는 것은 이 집은 어느 정도는 홍승택이 만들었기 때문일 것이다. 내가 만든 것이 홍승택이 만든 것이 되어 조금씩 공기가 바뀌며 다른 집 그러나 익숙한 집으로 되어가고 있었다. 수조를 들여다보니 물이 조금씩 굴절되며 움직이고 있었다. 테이블 위 수조는 스스로 운동하는 굴절 장치로 물은 조금씩 작은 소용돌이를 만들며 움직이고 있었다.

보던 것을 멈추고 고개를 들면 커다란 창에서 해가 쏟아지고 건물 일층에 심은 나무는 뒷모습만을 보여주고 있다. 나무의 뒷모습? 그러면 저것은 나무의 뒤통수이다. 나는 일어나 거실 옆 방문을 열었고 거기에 앉아 있는 타이밍을 놓친 사람을 본다. 그 사람은 『고요함 동물』에 등장했던 남자와 비슷한 사람이다. 그 사람일 수도 있는데 이 집에서 조금씩 굴절되며 이전의 사람과 비슷하지만 조금 다른 사람이 되어갔다. 이 사람은 타이밍을 놓쳐서 혹은 타이밍을 의식

하지 않아서 원래 자신과 조금 다른 사람이 되었다. 그런데 나도 시간을 움켜쥐어야 할 때가 언제인지 몰랐으며 너도 그래 너도 타이밍을 놓쳐버렸고 그래서 사람들이 만나게 된다. 그 사람은 수줍게 웃고 있다. 나는 도면은 이 집을 위한 것이니 그 사람 방에 놓고 가려다가 홍승택이 내게 준 것이니 챙겨서 가야지 생각하며 계속 손에 쥐고 있었다. 그 사람의 책상에는 현무암이 있었고 그것이 가운데에 놓였기 때문에 다른 것을 옆에 두는 것이 어울리지 않는다고 생각했다.

만지면 안 돼.

나는 내가 이 돌의 성질을 잘 알 것 같아서 남자에게 만지지 말라고 했다. 남자는 돌을 허락 없이 만지지 않는다고 했다. 남자는 늘 웃고 정답지만 실제로는 너무나 조심하면서 사는 사람이었다. 그러니 돌을 만질 수가 없다. 나와 남자는 방을 나와 테이블을 사이에 두고 앉았다. 우리는 수조를 바라보았다. 남자는 거리를 두고 조심조심 수조를 보았다. 물은 굴절을 빠르게 반복하여 소용돌이를 만들다가 시간이 지나자 만들기를 천천히 그만두며 수조 안에 자연스럽게 펼쳐졌다. 물이 다시 소용돌이 만들기를 반복할 수도 있지만 남자도 나도 관찰은 하지 않는다. 남자는 일을 하러 도서관에 간다고 했다.

나는 건물을 나와 유림에 갔다. 유림에서는 혼자서 밥을 먹는다. 유림은 생선만 파는데 평어와 도미 금림 은림 수림과 유림 옥주와 소무 그중에서도 사람들이 가장 많이 시켜 먹는 것은 유림이다. 유림은 은림과의 생선으로 얇고 가는 은색 생선이다. 구운 유림에 소무 무침이 반찬으로 나왔다. 유림은 이탈리아 말로 그…… 그ㄹㄹㅎ…… 뭐라고 했다. 이전에 이탈리아에 갔을 때 튀긴 유림을 먹고 젤라토를 먹었다. 돌로 된 바닥을 걷는 것이 기분이 좋았다. 나는 바닥이 얇은 신발을 신고 걷다가 문득 이런 길을 이전에 갔던 것 같다고 생각한다. 스페인이었을까. 그러나 유림은 돌바닥이 많고 나는 돌바닥을 떠올리면 언제고 오래 걸어 근육이 붙어 튼튼해진 다리로 언덕을 내려가는 그러다 올라가는 뒷모습 앞모습을 볼 수 있다. 다가오는 나의 이마와 나의 뒤통수. 나는 구운 콩처럼 작고 단단한 얼굴을 하고 언덕을 오른다. 식당 주인은 키가 커서 어쩌면 머리가 천장에 닿을 것 같아 보이는 남자로 큰 손으로 건넨 보리차의 물은 소용돌이를 만들지 않고 평평하고 순조롭게 내 앞에 서 있다. 물을 마시면서도 멈춤 없이 돌바닥 생각은 이어졌다. 나는 돌을 생각해서인지 다시 현무암을 떠올렸다. 너무나 모든 것에 조심하기 때문에 방에 있는 돌을 만지지 않는 남자도 생각했다. 세상에는 그런 사람들이 있다. 너무나 조심하는 사람들 말이다. 유림의 사장도 어쩌면 그런 사람일지 모른다. 나는 그렇지 않다. 나는 혼자서 여러 생각을 하느라 분주했다. 조심

성이 없기 때문에 이 생각을 하다가 양해를 구하지 않고 저 생각을 한다. 다른 사람 생각 속에 있는 것들도 마구 빼앗아서 내가 생각한다. 나는 힘이 세고 나는 깡패이고 갱이고 나를 누가 막느냐. 너희들은 이 사실을 믿어라. 예전에 이상우가 나에게 한국에서 가장 힘이 센 깡패라고 말해주었다. 이상우는 독일에 있지만 나는 이상우에게 물어보지도 않고 이상우를 뺏어 와서 이 자리에 앉힌 다음에 자 다시 말해봐라 하고 상을 두드리며 묻는다. 유림 조각이 상에 떨어져 있었다. 생선을 먹어도 이탈리아는 아니기 때문에 보리차만 마시고 나왔다. 영수증에는

유림一

유림

이라고 쓰여 있다. 나는 유림 하나를 먹었고 가게 이름은 유림이다. 나는 늘 혼자 가고 거기서는 욕심을 부리지 않기 때문에 내 영수증에는 늘 一만 쓰여 있다. 키가 커서 천장에 닿을 것 같은 사장의 이름은 오승운이다. 영수증에 그렇게 쓰여 있다.

여전히 도면을 손에 쥔 채로 집으로 갔다. 아직 날이 환했기 때문에 집으로 바로 가지 않고 좀 더 걷다가 다리를 건넜

다. 다리를 건너고 천을 따라 걷다가 계단을 내려가 오리를 보았다. 오리의 궁둥이에는 기름샘이 있어 그래서 젖지 않아. 오리가 떠다니는 물은 움직이지도 고여 있지도 않고 숨 쉬듯이 조용히 오르락내리락하고 있었다. 나는 내가 지나온 길을 처음부터 되짚기 시작하면 어쩌면 헤매지 않을지도 모르겠다. 하지만 내가 지나온 길을 설명할 수는 없다. 설명할 수 있는 사람은 큰 것을 잘 엮어내는 사람이다. 나는 궁둥이에 기름샘이 있다니 오리들에게는 다 방법이 있구나, 그러나 오리는 힘이 세기 때문에 나는 오리를 뺏어서 내 생각에 앉힐 수 없고 오리는 크게 꽥— 소리 지르고 내 손을 물고 푸드덕거리며 돌아갔다. 나는 그냥 궁둥이 궁둥이 중얼거리며 걸었다. 그리고 계단을 올라 집으로 향했다. 왔던 길을 똑같이 간 것은 아니다. 오리가 지나가고 자전거가 지나가고 나는 왠지 설명할 수 없는 것을 그리워하기 시작했다. 나는 지나간 것을 그리워하고 내가 못 했던 것이나 가지 못했던 순간에는 내가 다른 나를 보내서 다른 것을 시켰고 다른 나는 또 다른 사람들을 만났기 때문에 나는 거기서 만난 사람들만을 계속 따라다녔다. 그래서 내가 돌아온 길은 돌아온 길이 아니라 걷고 있는 길이다. 그 길은 사람들을 그리워하며 걷는 길이다.

집에 돌아와서는 도면을 거울 뒤에 세워두었다. 씻고 잠을 자기 전에는 요가를 했다. 나는 친구가 소개해준 요가 선생님과 요가를 했다. 요가 선생님은 요가밤을 문지르면 나타났다. 요가밤은 여러 향이 섞인 허브밤이다.

마음의 준비가 되면 매트 위에서 만나요.

요가 선생님은 조심하지 않는 사람이다. 조심하는 사람이라면 내가 부르기 전에 나타나지 않았을지 모른다. 아니다 어쩌면…… 그래 어쩌면……

고양이 자세를 하면 나는 치타가 되고 표범이 되지만 고양이는 될 수 없다. 진짜 진짜인 고양이 말이다. 사자 자세를 해도 사자는 될 수 없다. 그러니 나는 수련을 계속할 수밖에 없다. 그것을 나는 요가를 통해 배우게 되었다. 요가 선생님은 요가밤의 향이 사라지기 전까지 머물고 내가 자리에 눕게 되면 조용히 자기 갈 곳을 간다.

오늘도 매트 위에 올라와준 당신께 감사를 전합니다.

이 말을 하고 요가 선생님은 갈 길을 갔다.

내가 잠을 자는 사이 이상우는 달리기를 하고 베를린 이곳저곳을 걷는다. 그렇게 된 것은 내가 이상우를 아까 다시 독일로 돌려보냈기 때문이고 내가 만날 수 없을 때 나는 또 다른 나를 그곳에 보낼 수 있다. 사람들이 이것을 얼마나 자주 하는지는 모르겠지만 어느 날 내가 유림에서 밥을 먹을 때 우경 씨가 나를 알아보고는 인사를 했다. 그리고 우리는 잠시 이야기를 했는데 우경 씨는 지난번에 우리가 만났을 때 꽃 시장에 갔던 것, 그때 샀던 꽃이 아직도 책상 위에 있다는 이야기를 했다.

그리고 시간이 많이 지났잖아요. 그런데 그 꽃이 계속 그대로 있어요.

나는 꽃 시장을 몰랐기 때문에 우경 씨가 나를 불러냈구나 사람들이 서로 불러내고 있구나 그때서야 알았다. 어렴풋이 사람들이 이것을 하고 있는 줄 알았지만 이런 이야기를 하는 사람은 없었기 때문이다. 어쩌면 우경 씨가 모든 것이 하나로 연결되어, 구분하고 정리하는 사람이 아니기 때문에 내가 그것을 알아차리게 된 것일지도 모른다. 우경 씨는 자신의 몸으로 모든 것을 통과하느라 에너지를 다 썼기 때문인지 어느 날 사라지고 우리는 다시 만날 수 없게 되었다. 그래서 내가 이제 우경 씨를 부르는데 우경 씨를 부르고 나니 여태 우경 씨가 나를 많이 불렀다는 것을 알았다. 내가 불러낸 우경 씨는 너무나 나와 친했기 때문이다.

홍승택을 얼마 전 다시 만났을 때 이번에도 그는 내게 도

면을 주었다. 새로운 도면이었다. 홍승택은 이제 소설을 안
주나 하지만 나는 무엇을 받든 가리지 않는다. 이번에 받은
도면은 지난번보다 훨씬 작았다. 노트에 간단히 그린 도면
이었다. 나는 이곳이 어디인지 몰랐고 짐작도 할 수 없었다.
그래서 나는 모험을 하게 되었다. 홍승택은 도면 속 집이 어
디인지 주소를 써주고 약도도 그려주었다. 그래도 모험인
것은 변하지 않는다. 나는 이곳이 어디일지 짐작할 수 없고
이곳에 너무나 조심을 하는 남자도 없고 수조도 없고 현무암
도 없고 어쩌면 있다 하더라도 나는 그것들과 새로이 친해
지거나 해보지 않은 방식으로 멀어져야 하기 때문이다. 나
는 도면을 가방에 넣고 길을 나섰다. 다리도 건너고 계단도
내려가고 물을 따라 걷지만 이번에는 오리가 없었다. 오리
들은 더 먼 곳으로 갔다. 가늘고 긴 흰 새가 있었다. 나는 이
름을 모르는 새를 지나쳤다. 홍승택은 이 집은 자신의 부모
가 신혼집으로 산 것이나 실제로 부모는 그곳에서 산 적이
없는 집의 도면이라고 하였다. 부모는 곧 그 집을 팔았고 홍
승택은 여러 방법을 통해 그 집을 수리할 것이라고 하였다.

　한참을 걷다가 걷고 또 걷다가 아까 나를 앞서서 뛰어가
던 사람이 다시 돌아와 나를 지나쳐 뛸 정도로 한참을 걷다
가 계단을 올랐다. 나는 보건소를 지나 좁은 계단을 다시 올
랐다. 내가 올라가고 맞은편에서 개와 사람이 내려오면 두
인간이 엉거주춤 애쓰며 비켜주어야 할 정도로 좁은 계단이
었다. 나는 삼층으로 된 오래된 대단지 빌라로 들어갔다. 산

을 따라 지어진 건물 뒤로 나무가 무리 지어 살고 있었다. 나는 노란 조명과 흰 커튼이 쳐진 집을 보며 저곳이구나 생각했다. 문을 열자 문은 그대로 열리고 나와 있는 신발은 없고 거실에는 가죽 소파가 있다. 가죽 소파 위에는 코바늘뜨기로 뜬 커다란 흰 레이스가 덮여 있었다. 나는 소파에 등을 기대고 주머니에 넣은 도면을 펼쳤는데 도면과 집은 비슷하면서 조금 다르지만 그러나 같았다. 방에서 내 또래의 여자가 나왔다.

집을 보러 오신 건가요?
네.

여자는 정말 죄송한데 너무 급한 일이 생겨서 나가봐야 한다며 천천히 보고 문을 닫고 나가라고 하였다. 여자는 동생이 아이를 낳으러 갔다고 거기에 가봐야 한다고 했다. 여자는 급하게 나가고 나는 서서히 다가오는 이곳이 내가 만든 곳도 아니고 누가 만든 곳도 아니고 내가 아는 누가 살던 곳인데 그 누가 누구냐면……. 그것을 찾아내는 것이 나의 모험인 것이다. 나는 알고 있지만 끄집어내야 비로소 볼 수 있는 사람의 얼굴을 계속 찾아나갈 수밖에 없다. 그 생각을 하며 방문을 열었고 창가 옆 책상에는 보라색 들국화가 꽂혀 있었다. 꽃을 보다 보니 멀리서부터 누가 나를 향해 다가오는 것을 알 수 있었는데 그것은 가장 먼 방 침대 밑에서 상황을 주시하고 있는 검은 털과 흰 털이 섞인 고양이 비슷한 것이다.

나는 다가올 것을 미리 당겨서 만나려고 하지 않고 그렇다고 피하지도 않고 일단 목이 마르니 냉장고에서 탄산수를 꺼내 마시고 주머니에서 사탕을 꺼내 먹었다. 어떤 방식으로인가 세 번 즈음 바깥을 보았으며 나무는 창을 향해 나를 향해 그러나 그것과 상관없이 완전히 펼쳐져 있었다. 나는 고양이가 나를 향해 다가오는 것을 안다. 그것의 속도를 가늠하며 누워 있다가 몸을 일으켜 바깥으로 나갔고 결국 집을 향해 걸었다. 그러나 집으로 돌아와 바닥에 누웠을 때 자신의 속도로 갈 길을 가던 고양이가 검은 털과 흰 털이 섞인 그것이 침대 밑에 있다는 것을 알았다. 나는 그것을 쳐다보지 않고 누운 채로 팔을 뻗었고 그것은 고개를 내 손에 기댔다. 모험은 계속되고 나는 거대하고 방대한 내게서 끄집어내야 하는 것들이 이렇게나 많다는 것을 실감하며 할 일을 계속해야겠다고 생각했다. 이탈리아의 어느 길을 걷는 나는 반팔 티셔츠를 입고 돌로 된 다리를 건너 성당을 향해 가고 있다. 그 사람의 이마는 내게 다가오고 그 사람은 건너편으로 향한다. 이제 곧 그 사람은 커피와 빵을 먹을 것이다. 그와 동시에 이 자리에서 보이지 않는 나무는 바람에 흔들리다가 어느새 내게로 다가오고 있고 연두색 잎은 반짝인다.

박솔뫼 | 소설가

문 열기

내게 문 열기가 가장 중요한 이유는 문 열기가 가장 재미있는 놀이이기 때문이다. 그리고 문 열기라는 두 단어가 눈이라는 연약한 기관을

　위한 촉각物을 만드는 데에

　도움을 주기 때문이다.

내게 글 쓰기가 가장 중요한 이유는 글 쓰기가 가장 재미있는 놀이이기 때문이다. 그리고 글 쓰기라는 두 단어가 눈이라는 연약한 기관을 위해 아무것도 하지 못하기 때문이다. 너무나도 연약한 기관을 위한 아무것도 안 하기.

너무나도 연약한 인간을 위한 아무것도 안 하기.

나는 시간이라는 족쇄에 얽매여 있는 새의 주홍색 살갗을 보았다. 나를 거짓말쟁이라고 해도 좋다.

정릉천에 있었다.

나는 중력을 느끼고 있었지만 중력에 대해 쓰지 못했다. 그러나 중력은 중요하다. 중력은 죽음이기 때문이다. 시몬 베유의 말을 빌리자면 그것은 인간에게 주어진 유일한 "은총"이기 때문이다.

눈이라는 연약한 기관을 위한
G의 촉각 만들기.

G. 존 버거는 「G」라는 소설을 썼다. Fugue in G minor, BWV 578은 "요한 제바스티안 바흐가 아른슈타트에서 재학 시절에 작곡한 오르간 음악입니다. 바흐의 가장 잘 알려진 푸가 중 하나이며 레오폴드 스토코프스키의 오케스트라 버전을 포함하여 다른 목소리를 위해 편곡되었습니다."
로베르토 볼라뇨는 블라네스에서 죽었고,
안톤 체호프는 크림반도의 얄타에서 걸작을 써 냈다. 「바냐 아저씨」, 「벚꽃 동산」. 그리고 1936년 F. G. 로르카는 마드리드에 남아 있으라는 동료들의 충고를 무시하고 그라나다로 갔다가 총살당한다. 그는 "비스나르 마을 외곽 오래된 올리브나무 숲이 있는 거대한 수원지 근처에서 총살당함. 그의 사체는 발견되지 않았다."

로르카는 살바도르 달리, 그리고 루이스 부뉴엘과 절친했다. 그들은 마드리드 대학교 기숙사에서 만났다. 나일선은 갈 길을 잃은 나를 구하러 청계천으로 왔었고, 정영문은 정영문이었다. 그는 『양방향』을 번역해야 한다고 주장하는 유일한 문인이었다.

로르카는 10년 동안이나 마드리드 대학교 기숙사에 머물렀고 — 어떻게 그걸 해냈는지는 알 수 없는 일이다 — 그동안 많은 시를 써냈다. 그리고 내가 아는 한 한국 문인은 10년 이상 학부생 신분으로 살아가고 있다.

ヨリユキさんありがとうございます。

『両方向』と『三つ以上の模型』、そして『別世界』が日本語に翻訳されたらいいと思っています。

ああ、小詩集『計画詩集』もあります。

박솔뫼, 황인숙 작가님, 그리고 조용우 편집자님께도 안부를 전한다.

강보원.

나의 명랑한 친구 홍승택. 후장 사실주의, 그리고 2010년대와 백 년 전의 언어를 생각한다.

한국어는 오래되지 않았다.

2021년은 힘든 한 해였다.

허호정, 성민경, 이제니, 버지니아 울프, 어니스트 헤밍웨이, 데이비드 린치, 「당신 얼굴 앞에서」의 홍상수와 「사랑과 영혼」의 김희천, 그리고 「나의 가족」에게 감사를 전한다.

언제나 좋은 문우이며, 빛이고, 또 웃음이고, 반듯하기 그지없지만 제멋대로인 친구들에게 많이 배웠다.

나의 한자 이름은 金踰琳이다. 아름다움을 넘어선다, 는 뜻이다. 존 케이지는 '아름다움이 끝나는 곳에서 예술이 시작된다'는 식의 말을 했다고 한다. 그러나 나는 이 사실을 모른 채, 2022년, 踰琳이라는 이름으로 개명했다.

이것이 별세계와 무슨 상관이 있을까? 나도 모른다.

당신이 이 시집을 읽다 보면, 어떤 문형門形이 눈에 띌지도 모른다. 그게 전부일지도 모른다.

2022년 4월
김유림

창비시선 474

별세계

초판 1쇄 발행 / 2022년 4월 8일
초판 2쇄 발행 / 2022년 6월 10일

지은이 / 김유림
펴낸이 / 강일우
책임편집 / 조용우 박문수
조판 / 박아경
펴낸곳 / (주)창비
등록 / 1986년 8월 5일 제85호
주소 / 10881 경기도 파주시 회동길 184
전화 / 031-955-3333
팩시밀리 / 영업 031-955-3399 편집 031-955-3400
홈페이지 / www.changbi.com
전자우편 / lit@changbi.com